Dangereuse attirance

LISA CHILDS

Dangereuse attirance

Traduction française de
HÉLÈNE ARNAUD

MAGNETIC

HARLEQUIN

Titre original :
LEGAL ATTRACTION

HARPERCOLLINS FRANCE
83-85, boulevard Vincent-Auriol, 75646 PARIS CEDEX 13
Service Lectrices — Tél. : 01 45 82 47 47

www.harlequin.fr

ISBN 978-2-2803-9485-7

1

Partout ! Muriel Sanz était partout ! Sur tous les panneaux publicitaires de Times Square, en couverture de tous les magazines, en devanture de tous les kiosques de la ville… Ronan Hall avait l'impression de ne plus voir qu'elle.

Mais pas au point d'imaginer qu'il la croiserait dans le hall de l'immeuble qu'il s'apprêtait à quitter… Il aurait dû s'y attendre pourtant car il savait qu'elles étaient amies. Une amitié qui allait peut-être le faire radier du barreau si on apportait du crédit aux mensonges et aux fausses preuves qu'elle avait fabriquées de toutes pièces contre lui.

Qu'elle aille au diable !

Incapable de s'en empêcher, il fit demi-tour et la suivit jusqu'à l'ascenseur. Pas question que Muriel lui échappe. En fait, elle n'avait pas essayé de le faire, car elle n'avait même pas remarqué sa présence dans le hall de cet immeuble du Garment District. Elle avait juste traversé le dallage brillant, le nez plongé dans son téléphone, en tapant un texto.

À qui écrivait-elle ? À son amie Bette ? À un amant ? Connaissant son insatiable appétit dans ce domaine, Ronan aurait parié pour la dernière option.

Les portes de l'ascenseur commencèrent à se refermer. Sur ses doigts. Il lâcha un juron et les écarta avec ses deux mains avant de s'engouffrer dedans.

Muriel était seule, collée au panneau de commandes, appuyant furieusement sur le bouton de fermeture manuelle. Ronan jubila intérieurement. Cette fois, elle l'avait vu ! Son visage, naturellement bronzé, était devenu écarlate et ses yeux verts lançaient des éclairs.

Elle était belle — bien plus belle que toutes les femmes que Ronan avait pu rencontrer. C'est d'ailleurs pour cette raison qu'elle avait tant de succès dans les défilés. Il prit quelques instants pour admirer sa chevelure dans laquelle se mêlaient tous les tons de blond, de cuivre, de brun et d'or ; son visage avec ses pommettes hautes, bien dessinées, ses lèvres charnues et ses yeux immenses. Et son corps… Quel corps !

Bien qu'elle ne fût vêtue que d'un long pull tout simple et d'un legging noir, on devinait sous la laine verte l'arrondi généreux de sa poitrine, la courbe de ses hanches et de ses fesses. Un vrai scandale ! Personne n'aurait dû avoir une silhouette aussi parfaite.

De plus, Ronan était convaincu que Muriel n'avait jamais eu recours à la chirurgie esthétique ; si cela avait été le cas, les médias l'auraient certainement découvert depuis longtemps et n'auraient pas manqué d'en faire des gorges chaudes — ce dont ils ne se privaient déjà pas avec tous les autres aspects de sa vie.

C'était d'ailleurs pour cette raison que Ronan la voyait partout… Même dans ses rêves !

— Qu'est-ce que tu fiches ici ? lança-t-elle sans même le saluer.

À la demande de ses associés — et en leur compagnie —, il était venu plaider la cause de Simon Kramer, leur chef, auprès de son amie, Bette Monroe.

Ancienne assistante de Simon, Bette avait récemment quitté son travail et mis fin à leur relation — un peu à cause de Ronan, il devait bien l'admettre. Depuis, Simon était perdu. Professionnellement, bien sûr, mais surtout personnellement.

Une fois leur mission accomplie, les collègues de Ronan étaient partis, mais lui n'avait pu s'empêcher de s'attarder un peu dans le hall. Devait-il remonter et s'excuser encore une fois ? À moins qu'il ne l'ait pas encore fait… À vrai dire, il ne savait pas s'il devait des excuses à Bette ou pas.

— Je vais voir ton amie, dit-il en prenant soudain sa décision.

Il leva la main pour appuyer sur le bouton et remarqua qu'un numéro d'étage était déjà allumé. Un numéro différent du dixième, où habitait Bette. Sans lui laisser le temps d'en voir davantage, Muriel plaqua ses deux mains sur le panneau pour cacher les boutons et appuya sur tous les étages en même temps. Les portes se fermèrent et l'ascenseur commença à monter. La cabine était petite, recouverte de miroirs fumés, et carrelée du même terrazzo que le hall de l'immeuble.

— Qu'est-ce que tu fais ? s'écria Ronan.

L'ascenseur s'arrêta brusquement, et les portes s'ouvrirent. Immobile, Muriel ne descendit pas et se contenta de commander la fermeture automatique avant d'appuyer sur le bouton du rez-de-chaussée. Une démarche inutile car tous les autres étages étaient déjà programmés. Ils allaient devoir s'arrêter à chacun d'entre eux avant de redescendre dans le hall.

— Tu dois arrêter de harceler Bette comme ça, répondit froidement Muriel. Ce n'est pas elle qui m'a fourni les preuves que j'ai présentées au barreau.

— Les preuves ? gloussa Ronan, méprisant. Ce ne sont pas des preuves ! Ce ne sont que des mensonges et des faux documents ; et on ne va pas tarder à le démontrer.

Elle lui jeta un coup d'œil soupçonneux.

— Dans ce cas, pourquoi es-tu aussi nerveux ?

— Parce que je n'arrive pas à croire que tu sois prête à t'abaisser comme ça, juste pour compromettre ma réputation.

Après des erreurs de jeunesse et quelques années d'errance durant lesquelles il avait vécu dans la rue, Ronan avait travaillé particulièrement dur pour obtenir tout ce qu'il avait aujourd'hui et il ne supportait pas que quoi que ce soit — et surtout pas les mensonges de Muriel — mette en danger sa carrière et le cabinet d'avocats dans lequel il travaillait.

Cette fois, c'est elle qui haussa les épaules avec une expression de mépris sur le visage.

— M'abaisser à ce point pour te compromettre ? C'est toi qui oses dire ça ? Toi qui as engagé une boîte de com pour détruire mon image publique pendant mon divorce ! Et pour quel résultat ? Pour permettre à mon ex de me soutirer encore plus de fric !

Ses longs cils noirs battirent à toute vitesse mais ce n'était certainement pas une tentative de séduction. Est-ce qu'elle ravalait des larmes ?

Ronan sentit une émotion étrange lui serrer la gorge. De l'empathie ? Non. Il n'en avait pas pour les femmes de son espèce. La seule émotion qu'il devait s'autoriser face à Muriel était la prudence. Elle allait sans doute essayer de le rouler, comme elle l'avait fait avec son ex en le poussant à signer ce ridicule contrat de mariage. Le seul moyen que Ronan avait trouvé pour contrer le document avait été de prouver au monde entier qui était vraiment Muriel Sanz.

L'ascenseur s'arrêta, et les portes s'ouvrirent de nouveau avec un discret « ding ». Muriel appuya rageusement sur le bouton pour les refermer.

— Comment arrives-tu encore à dormir la nuit ? s'écria-t-elle.

Il n'y arrivait pas très bien, dernièrement, parce

qu'il pensait sans arrêt à elle — même quand il était au lit avec une autre femme. Il ne pouvait pas s'empêcher d'imaginer le beau visage de Muriel, son corps si sexy…

Comment pouvait-il être attiré à ce point par une femme comme elle ? Qu'est-ce qui ne tournait pas rond chez lui ?

— Je pourrais te demander la même chose, répliqua-t-il. Tu manipules les gens, tu mens comme tu respires. Est-ce que c'est comme ça que tu as convaincu Bette de te donner du papier à lettres à l'en-tête de Street Legal ?

Il était de plus en plus persuadé que l'ancienne assistante de son chef n'était pas au courant du projet de Muriel. Bette Monroe avait paru profondément choquée quand il lui avait parlé de la plainte que son amie avait enregistrée au barreau.

— Je te l'ai déjà dit, reprit lentement Muriel, comme s'il était trop stupide pour comprendre, Bette ne m'a rien donné.

— Donc, tu as pris ce papier à lettres sans son autorisation ?

Elle aurait pu le faire si elle était venue au cabinet. Mais Ronan avait vérifié et ce n'était pas le cas. Bette, par contre, avait pu rapporter un bloc de papier à lettres chez elle. Il faudrait le lui demander.

L'ascenseur s'arrêta une troisième fois, les portes s'ouvrirent et Muriel les referma aussitôt.

— Je n'ai rien pris du tout !

Ronan lâcha un petit rire froid.

— Je n'ai qu'à demander à Bette, elle se souviendra peut-être de quelque chose.

Il l'avait déjà interrogée, bien sûr, et elle avait nié avoir aidé Muriel. Mais peut-être se rappellerait-elle l'avoir surprise en train de fouiller dans son sac ou dans son appartement. Si c'était le cas, l'admettrait-elle devant lui ? Ou bien continuerait-elle à protéger son amie ?

— Ton escroc de patron et toi ne vous êtes pas privés pour traiter Bette comme une chienne, grommela Muriel. Et je ne te laisserai pas lui faire encore plus de mal.

Sur ce, elle donna un grand coup sur le bouton stop, et la cabine s'immobilisa brusquement entre deux étages.

— Qu'est-ce que tu fous ? cria Ronan à l'instant où l'alarme se mettait à hurler entre les cloisons métalliques de l'ascenseur.

Son cœur se mit à tambouriner dans sa poitrine, presque aussi fort que quand il avait reconnu Muriel dans le hall, marchant d'un pas assuré comme en plein défilé.

Ronan n'avait jamais aimé les espaces confinés — et s'y retrouver coincé avec elle était pire que tout ! Il appuya sur le bouton pour tenter de relancer l'ascenseur.

L'appareil tressauta et se mit à descendre en chute libre. L'estomac noué, Ronan étouffa un cri. Cette fois, ce n'était plus son job qu'il avait peur de perdre, c'était sa vie ! Il aurait de la chance s'il survivait à cette rencontre…

*
* *

Muriel poussa un hurlement de terreur tandis que ses pieds se soulevaient du sol, comme dans un film au ralenti. La cabine plongeait à toute vitesse dans sa cage métallique. Soudain, l'ascenseur s'immobilisa, si brusquement qu'elle perdit l'équilibre et tomba lourdement, non pas sur le dallage de la cabine, mais sur le corps musclé et ferme qui était déjà étalé par terre.

Ronan Hall, tombé presque en même temps qu'elle, était adossé à l'un des miroirs qui recouvraient les murs. Il avait les yeux fermés. S'était-il cogné la tête ?

Était-il inconscient ?

Toujours affalée contre lui, Muriel leva les yeux et examina son visage. Il était beau, indéniablement. Ses traits semblaient sculptés dans le marbre. Sa mâchoire carrée, ses pommettes hautes et son nez auraient pu être ciselés par la main d'un artiste antique. Ses cils étaient longs et épais, très noirs sur sa peau claire. Et ses paupières ne frémissaient même pas…

Oubliant les raisons qui la poussaient à haïr cet homme, elle s'inquiéta et demanda :

— Tu vas bien ?

— Je ne sais pas, répondit-il d'une voix rauque. Est-ce qu'on s'est arrêtés ?

Muriel avait peur de bouger, au cas où l'ascenseur n'aurait pas fini sa descente. C'était cette peur et rien d'autre qui l'en empêchait, sinon elle se serait déjà écartée de Ronan. Mais elle craignait que le moindre mouvement ne fasse chuter la cabine de plus belle.

Elle prit une profonde inspiration et retint son souffle, les narines assaillies par le parfum de Ronan. Il sentait si bon. Il ne portait pas le même genre d'eau de toilette hors de prix que son ex. Non. Ronan sentait simplement le savon…

Une odeur qui lui était propre.

Sa beauté ne suffisait donc pas ? Il fallait aussi qu'il sente bon ? C'était injuste mais, finalement, Muriel n'aurait pas dû être si surprise : la vie ne l'avait pas vraiment épargnée, ces derniers temps.

Néanmoins, elle était d'un naturel trop optimiste pour laisser la malchance lui briser le moral. Et elle ne comptait pas non plus rester collée à cet homme sur le sol de cette maudite cabine. Dès qu'elle serait sûre que l'ascenseur ne glisserait pas jusqu'au sol pour s'y écraser comme une canette en aluminium sous un pneu de voiture, elle bougerait.

— Et toi ? Tu vas bien ? demanda Ronan, d'un ton inquiet.

Elle leva de nouveau la tête et croisa son regard interrogateur. Elle haussa légèrement les épaules et étouffa un nouveau cri en entendant l'ascenseur grincer. Les bras forts de Ronan se refermèrent sur elle pour la maintenir en place — à moins qu'elle ne se soit crispée toute seule à son contact. Quoi qu'il en soit, elle était tétanisée de peur, craignant autant la chute que les sensations que Ronan provoquait en elle.

— Ne bouge pas, dit-il dans un murmure.

Elle n'en avait pas la moindre intention, mais elle était incapable de contrôler les battements affolés de son cœur. Il battait si fort qu'elle avait l'impression que son corps entier tremblait à chaque coup. Et elle n'était pas la seule, songea-t-elle en sentant le cœur de Ronan tambouriner au même rythme que le sien. Dans cette position, sa poitrine était pressée contre son torse musclé, et elle sentait chacun de ses frémissements.

— Je peux respirer ? demanda-t-elle.

Elle commençait à avoir mal à force d'essayer de calmer la panique qui lui coupait le souffle.

— Je me demande si nous ne devrions pas…

Le chuchotement de Ronan fit vibrer l'air entre eux.

Une mèche de cheveux retomba sur le front de Muriel mais elle n'osa pas la chasser. Elle baissa les yeux vers ses doigts engourdis et se rendit soudain compte qu'ils étaient en contact avec lui. Dans sa chute, elle avait dû tendre les mains pour se rattraper et, comme elle était tombée sur Ronan, c'était évidemment lui qu'elle touchait — plus précisément, son bras et sa cuisse… Au bout d'un instant, les muscles de Ronan se crispèrent brièvement sous ses doigts, comme s'il venait lui aussi de se rendre compte de leur position.

Le corps de Muriel se tendit encore plus. Elle venait de sentir le début d'une érection pointer contre son estomac, à travers la braguette zippée du pantalon de Ronan.

Il était sans doute venu voir Bette directement en sortant du bureau car il était encore en costume. Or elle savait, pour avoir vu quelques photos de lui dans les magazines, qu'il était toujours en jean et en T-shirt lorsqu'il ne travaillait pas. Ronan et ses associés du cabinet Street Legal étaient aussi réputés pour leur hargne en affaires que pour leur sulfureuse vie sentimentale. Chaque fois qu'il se faisait surprendre en dehors des couloirs du palais de justice, c'était au bras d'une femme célèbre — actrice, mannequin, ou créatrice de mode…

Muriel tenta de bouger un peu pour que son sexe soit moins proche de celui de Ronan, mais elle arrêta son geste en l'entendant pousser un gémissement. Il passa un bras dans son dos et referma sa main sur sa hanche.

Les dents serrées, il marmonna :

— Ne. Bouge. Pas.

La cabine était immobile. Les grincements lugubres avaient cessé.

— Je ne pense pas que nous allons tomber, répondit Muriel.

— Ce n'est pas l'ascenseur qui m'inquiète.

— Alors pourquoi restons-nous allongés par terre ? Pourquoi est-ce qu'on ne bouge pas ?

Ronan gémit à nouveau et la serra un peu plus fort. Pourtant, elle refusa de se laisser impressionner par son petit jeu : il n'avait pas mal. Pas vraiment. Sinon, il n'aurait pas souri comme il était en train de le faire…

— Peut-être que j'apprécie simplement la façon dont tu t'es jetée sur moi, dit-il d'un ton ironique.

Elle retint un cri horrifié et se débattit pour se redresser. Hélas, Ronan la tenait trop bien, et ses efforts pour se dégager accentuèrent encore la pression de ses hanches contre les siennes… Et secouèrent la cabine.

Les câbles grincèrent. Mais ils tinrent bon. L'ascenseur n'était pas sur le point de chuter jusqu'en bas. Muriel n'avait plus peur de mourir. La seule chose qui l'effrayait, en cet instant, c'était la réaction de son corps plaqué contre celui de Ronan Hall.

Au lieu de se calmer, son cœur battait encore plus fort. Elle était parcourue d'irrépressibles frissons et sa peau devenait brûlante là où elle était en contact avec lui — partout ou presque, donc. Il était si musclé, si grand, si imposant.

À chaque respiration, elle s'enivrait un peu plus de son odeur, à tel point que sa tête se mit bientôt à tourner. Cet homme pourrait la combler de tant de manières…

Son sexe dressé contre elle semblait si fort, si dur. Il provoquait en elle des bouffées de chaleur qui la submergeaient, la rendant à son tour brûlante et humide. Était-il vraiment en train de l'exciter à ce point ?

Non ! Impossible ! Elle ne pouvait pas être attirée par l'homme qui avait traîné son nom dans la boue, qui avait failli détruire sa carrière et sa vie.

— Lâche-moi ! ordonna-t-elle d'une voix ferme.

— Où veux-tu aller ? Nous sommes coincés dans un ascenseur. Autant en profiter au maximum, non ?

La main de Ronan, qui était restée sur sa hanche, remonta lentement le long de son dos jusqu'à sa nuque. Il l'empêcha de bouger et plaqua ses lèvres sur les siennes.

Ce baiser inattendu fit sursauter Muriel — le choc sans doute. Non, c'était autre chose... Quelque chose qui tendait ses tétons sous son pull et qui la faisait transpirer de plus belle : le désir.

Il l'embrassa d'abord timidement, s'écartant très vite. Mais, quand il la sentit frémir contre lui, il recommença et glissa sa langue entre ses lèvres. Cette fois, c'était un baiser passionné, fiévreux. Sauvage.

Et c'est comme cela que Muriel se sentit soudain : passionnée, fiévreuse et sauvage. Elle n'avait pas envie d'être attirée par cet homme mais il était si beau, si musclé, et si talentueux...

Jamais elle n'avait connu de baiser comme celui-ci. Ronan maîtrisait si bien chaque geste qu'il faillit la faire jouir rien qu'en l'embrassant. Cependant, au bout de quelques instants, il se mit également à la toucher, glissant une main jusqu'à sa poitrine.

Elle retint un hoquet de surprise quand ses doigts se refermèrent sur son sein, et ce mouvement involontaire le plaqua encore plus contre la paume de Ronan.

Il serra un peu — juste un peu —, et elle ne put

réprimer un soupir tremblant auquel il répondit par un gémissement sourd. Il s'écarta juste assez pour atteindre les boutons de son pull et les ouvrir d'un geste expert.

Sous son long pull, elle portait un fin caraco dessiné par son amie, particulièrement sexy avec ses petits nœuds qui maintenaient les bretelles en place sur ses épaules. Dès qu'il l'eut débarrassée de son pull, Ronan tira sur l'un des nœuds.

Si jamais il le défaisait, le caraco glisserait et dévoilerait un sein que Ronan pourrait admirer et toucher…

Muriel voulait sentir ses mains sur elle. Elle avait envie de lui.

Mais elle ne pouvait pas faire cela. Pas après ce que cet homme lui avait fait : il l'avait ruinée, il avait détruit sa réputation et l'estime qu'elle avait d'elle-même.

La seule solution, pour qu'elle pardonne à Ronan Hall, aurait été qu'il s'agenouille devant elle pour s'excuser. Et cela ne risquait pas d'arriver. Ni aujourd'hui ni dans un avenir proche.

Pas tant qu'elle ne lui aurait pas fait subir la même humiliation pour qu'il comprenne le mal qu'il lui avait fait…

2

La gifle fut si brutale qu'elle faillit dévisser la tête de Ronan. Malgré tout, il se contenta de sourire. Certes, sa joue le brûlait, mais ce baiser en valait la peine. Il sentait toujours la douce saveur de Muriel sur ses lèvres.

Comment une femme aussi froide et perfide pouvait-elle avoir un goût pareil ? Oui, il avait eu besoin de cette gifle pour retrouver un peu de bon sens et éviter de faire quelque chose de stupide — comme défaire ce nœud sur son épaule, par exemple.

Qu'aurait-elle fait s'il l'avait dénoué ? L'aurait-elle giflé de nouveau ? La voir sans son caraco valait très certainement la peine d'essuyer une seconde gifle… Déjà, Ronan devinait la pointe de ses seins à travers la soie fine. Il n'y avait d'autre dessous que sa peau couleur miel. Oh ! comme il aurait aimé pouvoir pincer du bout des lèvres l'un de ces tétons si durs et le mordiller jusqu'à ce qu'elle crie et le supplie d'aller plus loin !

Ses doigts jouaient toujours avec le ruban noué.

Il n'aurait pas fallu grand-chose pour le défaire. Tirer un peu, rien de plus.

Mais Muriel chassa sa main et le repoussa brutalement.

— N'y pense même pas !

— Ne me tente pas, répliqua-t-il.

Il était incapable de résister à un tel défi. Enfant, il n'aurait sans doute pas hésité à coller sa langue sur un poteau gelé, si on l'y avait poussé… Il n'aurait même pas eu besoin qu'on insiste, d'ailleurs. Poussé par son désir, il approcha de nouveau la main de l'épaule de Muriel.

Elle s'enveloppa étroitement dans son pull, comme si elle craignait qu'il la déshabille de force. Comme s'il avait besoin d'en arriver là ! De toute façon, il savait déjà tout de son corps : sur tous les panneaux publicitaires, sur toutes les unes de magazines, elle s'affichait presque nue, le sourire aux lèvres. La plupart du temps, elle ne portait qu'un peu de dentelle ou de soie aux endroits stratégiques.

— À quoi joues-tu ? demanda-t-il.

Il la connaissait assez bien pour savoir qu'elle n'était pas pudique. Mais elle était maligne : les faux documents qu'elle avait apportés au tribunal le prouvaient assez.

— Un jeu ? répéta-t-elle d'un air offusqué. C'est toi qui m'as embrassée !

— Tu nous as piégés dans cet ascenseur et tu m'as sauté dessus, non ?

Essayait-elle de le séduire ? Ou juste de le rendre fou de désir ?

— Je suis tombée, c'est tout ! Et je ne t'ai pas piégé.

Ronan haussa les épaules.

— Je n'ai pas passé mon temps à jouer avec tous les boutons avant d'arrêter complètement l'ascenseur, moi.

— Si je l'ai arrêté, c'est parce que je ne voulais pas que tu retournes harceler Bette, protesta-t-elle.

— Je n'en avais pas l'intention.

Et il avait au moins une bonne raison pour cela : Simon l'aurait tué s'il l'avait fait. Le pauvre était tombé fou amoureux de son ancienne assistante et il était déjà en colère contre Ronan à cause de certaines choses qu'il lui avait dites.

Mais peut-être Bette n'était pas aussi banale qu'elle en avait l'air, au fond — si on aimait le style « petite bibliothécaire sexy ».

Quoi qu'il en soit, elle n'était pas du tout son genre. Il n'aimait pas les femmes discrètes. Il préférait des conquêtes aussi sauvages et libérées que lui en matière de sexe.

Muriel se releva et se campa devant les portes de l'ascenseur, comme si elle comptait lui faire barrage de son corps.

— Je t'interdis d'aller de nouveau parler à Bette.

Ronan ne voulait pas parler à Bette. Il ne voulait pas parler tout court. Il voulait sentir de nouveau le corps chaud de Muriel contre lui. Elle était la seule femme capable de satisfaire enfin son appétit insatiable au lit, ou dans n'importe quel endroit qui pouvait se prêter à ce genre de choses…

— Nous sommes coincés ici, lui rappela-t-il.

Au même instant, l'ascenseur bougea un peu et grinça.

Muriel poussa un petit cri avant de se précipiter de nouveau dans ses bras.

— Encore tombée ? plaisanta Ronan. Je n'aurais jamais cru qu'une top-modèle puisse être aussi mal assurée sur ses jambes !

Elle lui jeta un regard exaspéré mais resta là où elle était, les bras passés autour de son cou.

— Il va craquer, j'en suis sûre ! marmonna-t-elle comme pour elle-même.

— Craquer ? Sûrement pas ! lança-t-il.

Surtout face à une croqueuse d'hommes comme Muriel Sanz.

Soudain, il comprit ce qu'elle voulait dire.

— Je parlais de l'ascenseur, précisa-t-elle avant de pouffer.

Secouée par son fou rire, elle s'écarta de Ronan.

— Tu plaisantes ! Tu n'imagines tout de même pas que je vais tomber sous ton charme ? Tu te crois si irrésistible ?

Ronan ravala son exaspération. À l'entendre, l'idée même qu'elle puisse avoir un faible pour lui était tout simplement ridicule. Pourtant, bien des femmes avaient déjà cédé à ses avances. Mais il devait reconnaître qu'il n'avait jamais eu avec elles la même relation qu'avec Muriel Sanz. À supposer qu'on puisse parler de relation…

Cela avait toujours été purement sexuel…

En revanche, il aurait aimé pouvoir coucher avec Muriel, même si elle faisait tout son possible pour détruire sa carrière. Le baiser qu'ils avaient partagé lui avait fait comprendre à quel point cela aurait pu être bon, entre eux. Non, mieux que ça : extraordinaire.

Il n'avait pas connu de nuit extraordinaire depuis longtemps ; sans doute parce que chaque fois qu'il avait couché avec une femme, ces derniers mois, il n'avait pu s'empêcher de faire la comparaison avec Muriel avant de redescendre sur terre, amèrement déçu.

— Je ne suis pas bête au point de penser que tu pourrais m'aimer, dit-il pour la rassurer. À mon avis tu es aussi incapable que moi de tomber amoureuse.

— Je te rappelle que j'ai été mariée, dit-elle, jusqu'à ce que tu mettes fin à mon mariage.

— Tu as tiré un trait dessus toi-même en trompant ton mari !

Elle leva la main, et Ronan attrapa son poignet juste à temps pour éviter une nouvelle gifle.

— Je ne l'ai pas trompé, siffla-t-elle entre ses dents.

Il haussa les épaules, presque amusé par cette indignation de grande dame vertueuse. Comme beaucoup d'autres mannequins, elle aurait facilement pu se recycler dans le cinéma ; elle était particulièrement douée pour jouer la comédie !

— Dans ce cas, comment se fait-il que ton ex ait trouvé tant de témoins pour affirmer le contraire ?

Elle écarquilla les yeux.

— C'est mon ex qui a trouvé ces témoins… Je croyais que c'était toi ou cette boîte de com…

— Eh oui, c'est la deuxième erreur que tu as commise quand tu as fabriqué ces notes censées venir de mon dossier, répondit-il. Tu as voulu faire croire que j'avais trouvé de faux témoins mais ce n'était pas vrai.

Elle le dévisagea un long moment en silence.

— Pourtant ces témoins ont menti. Ils se sont parjurés et tu le savais très bien.

— On en arrive à ta première erreur.

Il s'avança d'un pas, la plaquant contre la cloison.

— Tu as essayé de rejeter la faute sur moi alors que tu étais seule responsable de tes erreurs…

— Mes erreurs ? répéta-t-elle froidement. Ma seule erreur a été de me marier, tout court.

Ronan acquiesça.

— Sur ce point, nous sommes parfaitement d'accord. Se marier est toujours une erreur.

La vie de couple de ses parents le lui avait d'ailleurs prouvé. Leurs disputes perpétuelles avaient fini par le pousser à fuguer quand il était encore adolescent.

— Les humains ne sont pas faits pour être monogames.

— La plupart des gens le sont, pourtant.

Il secoua la tête, incapable de cacher son mépris.

— La plupart des gens ne sont pas comme toi et moi, Muriel.

Cédant à la tentation, il effleura sa joue du bout des doigts, glissa dans son cou et poussa le pull pour dénuder l'une de ses épaules. De nouveau, il joua pensivement avec le petit nœud. Il avait de plus en plus de mal à résister à l'envie de le défaire… De plus en plus de mal…

Il tira imperceptiblement sur le ruban et le nœud se relâcha. Au même instant, l'ascenseur sonna et les portes s'ouvrirent.

Muriel sortit précipitamment de la cabine. Dans sa fuite, elle appuya sur un bouton, et Ronan vit, impuissant, les portes se refermer tandis qu'elle disparaissait au bout du couloir.

Il ne savait même pas à quel étage ils s'étaient arrêtés. Était-ce celui où elle habitait ? Ou était-elle simplement descendue n'importe où pour lui échapper ? Avant de pouvoir vérifier le numéro affiché au-dessus des portes, il sentit la cabine se mettre en mouvement. Bientôt, elle s'arrêta au rez-de-chaussée.

Il hésita un instant avant de sortir. Il n'avait plus vraiment envie de s'excuser auprès de Bette. D'ailleurs, il valait sans doute mieux pour Simon qu'il n'aille pas lui parler du tout. De toute façon, elle lui avait sans doute déjà dit tout ce qu'elle savait. Non. S'il voulait découvrir la vérité au sujet des documents qui avaient été confiés au barreau, il fallait qu'il parle de nouveau à Muriel, pas à Bette. Mais il allait devoir attendre une autre occasion. S'il la pourchassait maintenant, après ce baiser et la vision enchanteresse de ses tétons tendus sous la soie du caraco, il risquait de faire bien plus que simplement parler avec elle.

Les jambes tremblantes et le cœur battant, Muriel s'adossa à la porte de son appartement. À peine entrée, elle avait fermé au verrou, de peur que Ronan cherche à pénétrer chez elle. Non, il ne l'avait certainement pas suivie. La porte de l'ascenseur s'était refermée avant qu'il puisse en sortir.

Cependant, il risquait de revenir plus tard... Surtout maintenant qu'il savait où elle avait emménagé après son divorce. Certes, l'immeuble était agréable, mais son nouvel appartement était bien plus petit que le précédent. Était-il possible que Ronan n'ait pas compris qu'elle vivait là ? Qu'il ait simplement pensé qu'elle venait voir Bette ?

Dans ce cas, elle aurait dû descendre à un autre étage : il était parfaitement capable de frapper à toutes les portes jusqu'à ce qu'il l'ait trouvée.

Il était clairement furieux qu'elle l'ait dénoncé au barreau et semblait prêt à tout pour qu'elle revienne sur sa parole. Mais, au fond, qu'est-ce qui le mettait tellement en colère ? Avoir été pris sur le fait ? Ou bien ne pas avoir lui-même payé les témoins pour qu'ils mentent, comme il le prétendait ?

Certes, s'il était innocent, elle pouvait comprendre sa fureur. Elle-même avait ressenti la même chose lors du divorce. Son nom avait été traîné dans la boue au tribunal et dans les médias, alors qu'elle n'avait commis aucun des actes dont on l'accusait — et qu'elle n'avait jamais trompé son mari.

Elle avait toujours respecté ses vœux de mariage. Elle était restée fidèle. Et elle l'avait clamé haut et fort. Même avant de se marier, elle ne sortait jamais avec plus d'un homme à la fois ; et depuis son divorce désastreux, elle n'était tout simplement sortie avec personne.

Était-ce pour cela que Ronan Hall lui avait fait tant d'effet, à l'instant ? À moins que la panne de l'ascenseur et sa terreur n'aient déclenché un pic d'adrénaline. Dans des circonstances pareilles, il n'était pas étonnant qu'elle ait eu l'impression d'être attirée par cet homme.

D'ailleurs, elle devait bien reconnaître qu'il avait un certain charme…

Quoi qu'il en soit, elle devait le haïr, pas le désirer. Et c'est ce qu'elle faisait.

Mais s'il n'était pas responsable des déclarations de ces témoins ? S'il avait dit la vérité ? Alors, il y avait une chance pour que les documents de Street Legal aient bel et bien été créés de toutes pièces comme il le clamait.

Non, c'était impensable ! Elle connaissait tous les témoins qui s'étaient présentés à la barre. Ils n'avaient jamais fait partie de son cercle d'amis proches, mais elle les fréquentait de temps à autre. Ils n'auraient jamais menti à son propos sans un important pot-de-vin. Et Arte n'aurait jamais agi de la sorte. Il était certes différent de l'homme qu'elle croyait connaître, mais ce n'était pas un monstre. Sinon, elle ne l'aurait jamais épousé. Or, il s'était toujours montré doux, et charmant, au début.

C'était Ronan, le monstre. Elle le prouverait. Et, si les quelques documents sur lesquels elle avait mis la main ne suffisaient pas, elle trouverait d'autres preuves.

Quoi qu'il en soit, il avait eu envie d'elle, dans l'ascenseur, et sa peur n'avait rien à voir avec cette attirance. Non. Il avait été attiré par elle à cause de son physique. C'est bien ce qui avait sauvé sa carrière, d'ailleurs, en dépit des ignobles ragots qui avaient circulé sur son compte. Les patrons de presse et les créateurs prétendaient même qu'ils vendaient plus de revues et de vêtements depuis qu'elle était devenue si célèbre.

Mais cette notoriété-là, elle n'en voulait pas. Elle était d'ailleurs mortifiée que ses grands-parents, qui l'avaient élevée avec tant d'amour et de bonté, aient eu vent des mensonges qu'on racontait sur elle et que tant de gens croyaient. Toutes ces histoires immondes de liaisons, d'orgies, de sexe débridé…

Bien sûr, ses grands-parents la connaissaient trop bien pour croire à toutes ces bêtises, mais cela ne les empêchait pas d'essuyer des réflexions désagréables de la part de leurs amis, des membres de leur paroisse ou de leurs voisins.

C'était précisément pour cela qu'elle haïssait

Ronan Hall. Pas tant pour ce qu'il lui avait fait subir à elle, mais pour ce qu'il avait fait subir à ses grands-parents. Elle voulait qu'il souffre autant qu'eux. C'était ce qui l'avait poussée à confier au tribunal les documents compromettants qu'elle avait reçus. Mais, à présent, elle regrettait presque de ne pas les avoir fait authentifier avant. Pour être honnête, elle était convaincue qu'ils venaient de Bette.

Mais Bette n'en avait jamais entendu parler.

Dans ce cas, qui avait bien pu déposer cette enveloppe devant la porte de Muriel ? Et comment savoir si les documents étaient ou non des faux ?

Il fallait à tout prix qu'elle apprenne la vérité et qu'elle obtienne des preuves. Hélas, le meilleur moyen pour tout cela était de puiser directement à la source : et, cette source, c'était Ronan lui-même.

Serait-elle capable d'user de ses charmes pour lui faire admettre ce qu'il avait fait ? Un enregistrement audio de sa confession serait une preuve suffisante et indiscutable…

Mais comment le pousser à se confesser ? Devait-elle le séduire ?

Cette idée, qui aurait dû la dégoûter, l'excita étrangement. Sans doute commençait-elle à souffrir de son célibat prolongé, de toutes ces nuits passées avec la seule compagnie de son vibromasseur. Certes, le petit appareil faisait des miracles pour soulager une part de sa tension, mais cela n'avait rien à voir avec la présence d'un homme, avec ses mains, ses lèvres sur sa peau.

Cela n'avait rien à voir avec le baiser de Ronan…

Une vague de chaleur irrépressible monta en elle, et elle se précipita dans sa chambre pour attraper le vibromasseur, bien caché dans le tiroir de sa table de chevet. Elle allait devoir s'en contenter, ce soir, en attendant d'avoir établi une stratégie pour séduire Ronan Hall et le pousser à confesser les magouilles dont il avait usé lors de la procédure de divorce.

Oui, c'était ce que Muriel voulait. Ses aveux.

Pas lui…

Cependant, elle ne put s'empêcher de penser à lui en prenant son vibromasseur en main. À lui, et à l'érection qu'elle avait perçue à travers le pantalon de costume qu'il portait. D'après ce qu'elle avait senti, son sexe devait être bien plus gros que son petit jouet en silicone. Et, si c'était humainement possible, plus dur…

Ronan avait eu envie d'elle. En dépit de la haine qui les séparait, ils ne pouvaient nier l'attirance qu'ils ressentaient l'un pour l'autre. Muriel comptait bien utiliser cela pour arriver à ses fins ; tout comme elle se servait à présent de l'image de Ronan pour entretenir son excitation, le temps de se débarrasser de son pull et de son legging. Elle s'allongea sur son lit et imagina Ronan en train de l'embrasser et de la toucher.

Elle dénoua l'un des nœuds de son caraco pour pouvoir se caresser. Deux autres rubans noués maintenaient sa culotte en place. Elle les défit à leur tour et alluma son vibromasseur. Avec délice, elle imagina que l'appareil était remplacé par le sexe dur de Ronan tandis qu'elle le glissait en elle.

La jouissance fut presque immédiate, et Muriel se rendit compte, honteuse, qu'elle avait crié son nom.

3

Les flashs aveuglants se succédaient, mais ce n'était pas cela qui faisait transpirer Ronan. Les vagues de chaleur qui montaient en lui, l'une après l'autre, n'avaient rien à voir avec les éclats de lumière. La cause de son excitation était la femme qui posait, lascive, sous les projecteurs…

Elle ne portait presque rien pour cacher son corps sublime — quelques frous-frous de dentelle et de soie sur sa peau au hâle doré. Jamais encore Ronan n'avait désiré une femme à ce point. Il tenait à peine sur ses jambes tremblantes tandis que son sexe dressé menaçait de percer son pantalon.

Assister à cette prise de vue n'était peut-être pas une si bonne idée, en fin de compte.

Mais il avait eu envie de venir — pour elle. Aucune autre femme n'était capable d'assouvir les fantasmes qui le hantaient depuis qu'il s'était retrouvé coincé dans l'ascenseur avec elle, deux jours plus tôt.

— Muriel ! cria soudain le photographe. Tu ne me donnes pas ce que je veux, chérie !

Elle ne donnait pas non plus à Ronan ce qu'il voulait... Il voulait la voir défaire le nœud niché entre les bonnets de son soutien-gorge noir sans bretelles, puis les rubans qui maintenaient sa culotte sur ses hanches.

Pas seulement. Il ne voulait pas se contenter de la voir nue. Il voulait la sentir contre lui, goûter la saveur délicate de sa chair... et s'enfouir profondément en elle.

Bon sang ! Pourquoi était-il tant attiré par elle ? L'autre jour, si elle ne l'avait pas giflé, il lui aurait fait l'amour dans l'ascenseur. D'ailleurs, avant de s'écarter de lui, ne lui avait-elle pas rendu son baiser ? Cela voulait-il dire qu'elle partageait son désir ?

Il l'espérait, en tout cas — ne serait-ce que pour lui arracher la vérité. C'était pour cela qu'il était venu, au départ, et qu'il assistait à cette séance photo. Rien à voir avec le sexe.

S'il voulait coucher avec une femme, il n'avait pas besoin de se donner tant de peine. Muriel n'était pas la seule à éveiller ses désirs : n'importe quelle femme pouvait le satisfaire.

Non. La seule chose qu'il attendait de Muriel Sanz, c'était la vérité.

Sous les projecteurs, elle lança un sourire lumineux au photographe.

— Dis-moi ce que tu veux, Lawrence...

— Je te veux vicieuse ! cria le photographe. Sois plus vicieuse !

Oh ! elle l'était déjà bien assez, et Ronan l'avait

prouvé devant le tribunal. Et elle avait osé prétendre que tous les témoins mentaient. Quel aurait été leur intérêt à mentir ? Pourquoi auraient-ils pris le risque d'être accusés de parjure ? Ils n'avaient rien à y gagner.

Si quelqu'un avait menti, c'était bien Muriel Sanz — et Ronan avait l'intention de le prouver une bonne fois pour toutes. Il fallait juste qu'il la pousse à admettre qu'elle avait créé de toutes pièces les documents qu'elle disait avoir reçus. Serait-il capable de la séduire pour l'amener à se confesser ?

Tous les témoins avaient prétendu qu'elle était accro au sexe et que c'était pour cela qu'elle avait trompé son mari. Si c'était le cas, Ronan parviendrait peut-être à la rendre folle de désir pour lui, et à tout lui faire avouer…

Il savait mieux que quiconque ce qu'on pouvait faire faire à quelqu'un qui est vraiment fou de vous. Cela avait causé la perte de son père : son addiction à la mère de Ronan qui avait pourtant passé sa vie à le maltraiter. En fait, sa mère ressemblait beaucoup à Muriel Sanz — une femme belle, égoïste et parfaitement dénuée de moralité.

— Je veux que tu deviennes la diablesse des *Petits Nœuds de Bette,* reprit Lawrence.

Le shooting photo était destiné à la marque de lingerie dont Muriel était l'égérie. Les collections étaient dessinées par l'amie de Muriel et ancienne assistante de Simon, Bette Monroe.

Il fallait d'ailleurs bien admettre que Bette avait

un don pour la lingerie. Ses créations étaient incroyablement sexy.

Hélas, Muriel l'était tout autant.

— Ne t'en fais pas, je peux être une diablesse, répondit-elle.

Seulement, ce n'était pas le photographe qu'elle regardait ; c'était Ronan ! Il sentit le poids de son regard qui l'examinait de la tête aux pieds, et son corps s'embrasa davantage.

Elle reprit, d'une voix sensuelle, assez fort pour qu'il l'entende depuis le fond du studio :

— Je peux être très, très vicieuse…

Ronan étouffa un petit rire satisfait. Elle commençait déjà à se confesser, et il ne l'avait pas encore touchée.

La caméra enchaînait les déclics.

Elle laissa courir ses doigts le long de son décolleté et se mit à jouer avec le ruban qui maintenait son soutien-gorge, comme Ronan l'avait fait dans l'ascenseur. Dommage qu'elle n'ait pas porté cela au lieu de son caraco — il aurait pu la toucher comme elle se touchait à présent elle-même.

Tout en caressant l'arrondi de ses seins, elle se mordilla langoureusement la lèvre avant de la lécher du bout de la langue.

Ronan ne put retenir un gémissement. Le photographe lâcha le même grognement animal et se tourna vers lui. Au lieu de le chasser du studio en lui criant qu'il n'avait pas le droit d'être là, il le gratifia d'un grand sourire.

— C'est sans doute à cause de vous qu'elle s'échauffe comme ça. Vous l'excitez.

Ronan gloussa.

— Oh ! ce n'est pas moi. Muriel est comme ça, c'est tout.

— Je suis bonne, murmura-t-elle avec un regard provocateur dans leur direction. Très, très bonne…

Les deux hommes se crispèrent, animés du même désir.

Lawrence murmura entre deux photos :

— Maintenant je comprends pourquoi son ex…

— Quoi ? demanda Ronan en voyant qu'il ne terminait pas sa phrase. Pourquoi son ex… quoi ?

Pourquoi il avait divorcé ? Ou pourquoi il l'avait épousée ?

Le photographe se contenta de hocher la tête d'un air entendu.

— Vous pouvez rester, dit-il à Ronan, mais essayez de ne pas me distraire.

— Et moi ? lança Muriel.

— Toi, il te distrait, et c'est très bien, répliqua Lawrence.

Vraiment ? Ronan serait-il capable de la « distraire » assez longtemps pour qu'elle retire sa plainte auprès du barreau ?

Il devait au moins essayer. C'était bien pour cela qu'il était venu. Pour cela et parce qu'il n'avait pas pu fermer l'œil depuis qu'il l'avait embrassée dans ce fichu ascenseur.

La prochaine fois, il voulait beaucoup plus qu'un baiser.

*
* *

Ronan n'avait pas été une « bonne » distraction pour Muriel ; mais, quand elle jeta un coup d'œil à l'écran qui faisait défiler les photos que Lawrence venait de prendre, elle constata qu'il avait su l'inspirer. C'était de loin le meilleur shooting photo qu'elle ait jamais fait, et elle posait depuis qu'elle avait quatorze ans — plus de dix ans de carrière.

— Si tu n'emmènes pas ce type boire un verre après, c'est moi qui le ferai, s'écria Lawrence avant d'embrasser Muriel. Il vaut son pesant d'or, chérie ! Tu n'as jamais été aussi belle !

L'enthousiasme du photographe amusa Muriel.

— Il doit déjà être parti.

D'ailleurs, elle ne comprenait toujours pas pourquoi il était venu assister à cette prise de vues. À moins qu'il soit à la recherche de la même chose qu'elle…

La vérité.

Il voulait sans doute savoir comment elle avait obtenu les documents qu'elle avait déposés au tribunal. C'était une bonne chose si cela voulait dire qu'il avait enfin arrêté de suspecter Bette. Jamais Muriel ne se serait servie de ces papiers si elle avait imaginé les problèmes que cela allait causer à son amie.

— Je suis toujours là, murmura une voix grave.

Oh ! ça ne sentait pas bon…

Elle leva les yeux et découvrit sa haute silhouette musclée dans l'embrasure de la porte du bureau de Lawrence. Il portait un costume. Donc il était directement venu de son bureau ou du tribunal. Était-il en train de détruire la vie de quelqu'un d'autre ?

Muriel eut peur qu'il ne s'attaque une nouvelle fois à sa vie à elle si elle mettait son plan de séduction en route pour lui arracher une confession. Allait-elle avoir le courage de prendre ce risque ?

— Si je dérange, je peux toujours partir, reprit-il.

— Vous avez interrompu notre shooting, répondit-elle, et vous n'avez pas proposé de partir !

Cela faisait plusieurs heures qu'il était là. Il avait assisté à tous les changements de tenue, avait patiemment observé toutes les séances coiffure et maquillage, avait vu tous les décors.

Pourquoi était-il resté aussi longtemps ?

— Il a boosté ta performance, remarqua Lawrence. C'était le meilleur shooting de ta vie…

Il se concentra de nouveau sur son ordinateur pour regarder les clichés une nouvelle fois.

— C'était peut-être même mon meilleur shooting.

Un léger frisson traversa Muriel, mais elle l'ignora. Elle était moins flattée par ce compliment que par le regard de braise de Ronan, qui ne la quittait pas depuis deux bonnes heures. À chaque changement de tenue, ses yeux s'étaient faits plus sombres et son aura plus imposante. Même maintenant, en dépit de sa nonchalance étudiée, il paraissait si tendu qu'elle pouvait sentir l'énergie qui émanait de lui.

Cette énergie se nichait en elle, comme une boule entre ses cuisses qui palpitait à chaque souffle. Jamais encore elle n'avait autant désiré un homme — c'en était presque insoutenable. Bien sûr, elle avait déjà été amoureuse mais elle n'avait pas une seule fois ressenti une attirance si intense. Elle haïssait cet homme et, pourtant, elle le désirait plus que tous les autres.

Est-ce qu'elle devenait folle ? Sans doute. En tout cas, c'était une bonne explication à ce qu'elle fit ensuite…

— Alors ? dit-elle en se dirigeant vers la porte. Tu veux boire un verre ?

Ronan l'examina un instant, comme s'il se méfiait — tout comme elle se méfiait de son apparition soudaine pendant la séance photo. De nouveau, un frisson la parcourut, lui donnant la chair de poule sous son jean et son pull. Elle n'avait pas ressenti le même trouble quand il l'avait regardée en sous-vêtements dans le studio. Là, ses yeux sombres l'avaient plutôt réchauffée. Et cela se voyait sur les photos.

Mais une question la taraudait encore : comment l'avait-il trouvée ici ? Qui lui avait parlé de cette séance photo ?

Arrivant près de la porte qu'il bloquait toujours, elle hésita. Soudain, il recula pour la laisser passer et murmura :

— Je ne suis pas venu juste pour regarder. Ce n'est pas mon truc…

Elle le dévisagea un instant, soupçonneuse. Pourquoi entendait-elle des sous-entendus salaces dans tout ce qu'il disait ? Pensait-il qu'il y avait quelque chose entre Lawrence et elle ?

Bien sûr, il l'avait vu l'embrasser. Mais Lawrence embrassait tout le monde. Tout le monde.

— Bonne soirée ! lança-t-elle au photographe qui lui fit un vague signe de la main, toujours penché sur son écran d'ordinateur.

Tandis qu'ils parcouraient le long couloir du vieil entrepôt, elle se tourna vers Ronan, trop curieuse pour se taire plus longtemps.

— Pourquoi es-tu venu ici ? Comment savais-tu où me trouver ?

— J'ai mes sources, répondit-il.

Cette réponse énigmatique l'inquiéta un peu plus.

— Je le sais bien, dit-elle froidement, mais je n'arrive pas à croire que tes sources aient eu raison, cette fois.

Il s'immobilisa devant l'ascenseur et la couva d'un regard sombre.

— Tu n'en démords pas, hein ? Tous ces témoins mentaient et tu es la seule à avoir dit la vérité ?

— Oui.

En l'élevant, les grands-parents de Muriel lui avaient transmis certaines valeurs ; et la plus importante était qu'il ne fallait jamais mentir, même pour les petites choses. Dommage que ces « témoins » n'aient pas reçu la même éducation !

— Pourquoi tous ces gens auraient-ils menti ? demanda alors Ronan d'un air peu convaincu.

— C'est à toi de me le dire, répliqua Muriel, exaspérée. Est-ce que tu les as payés pour le faire ?

Elle ne voyait pas d'autre solution. Qu'auraient-ils eu à gagner, sinon, à part tirer leur quart d'heure de gloire du scandale qui l'avait éclaboussée ?

Ronan eut un petit rire cynique. Mais il ne répondit pas. Il se contenta de se détourner et d'appuyer sur le bouton d'appel de l'ascenseur.

Qu'allait-elle devoir faire pour le pousser aux aveux ? Pour qu'il admette enfin avoir convaincu ces témoins de mentir ? Il était riche, donc l'argent n'avait pas d'importance pour lui. Il avait d'ailleurs sans doute mis la main à la poche pour soudoyer les témoins, car Arte n'avait pas grand-chose à lui avant de voler à Muriel presque toutes ses économies — plus l'appartement et la voiture — dans le divorce. D'ailleurs, pourquoi avait-il tenu à la voiture ? Il ne savait même pas conduire !

L'ascenseur sonna, et les portes s'ouvrirent dans un léger courant d'air. Muriel sentit son cœur s'emballer à l'idée de monter dans une nouvelle cabine fermée avec Ronan Hall.

Il s'écarta d'un pas et la laissa passer devant lui.

— Vas-y, dit-il. Tant que tu ne te mets pas à jouer avec les boutons, tout se passera bien.

Elle hésita tout de même un instant.

— On devrait peut-être prendre les escaliers… Ce serait plus sûr, pour différentes raisons.

— On est au douzième étage, lui rappela-t-il. Tu n'as pas pris l'ascenseur pour monter ?

— Si.

— Donc tu n'as pas peur de monter dedans. Tu as juste peur d'y monter avec moi.

Son regard inquisiteur ne la lâchait pas, comme lorsqu'ils s'étaient affrontés au tribunal.

À l'époque, en dépit de ses questions insidieuses, il n'avait pas su lui faire perdre son sang-froid. Cependant, elle savait que la vérité était de son côté. De nouveau, elle n'avait rien à cacher, ce qui pourrait peut-être lui donner la force de le déstabiliser, lui… Mais, si elle voulait obtenir une confession, il allait falloir qu'elle passe du temps seule avec lui. Oserait-elle aller jusqu'au bout ? Oserait-elle s'enfermer quelque part avec lui, loin des regards ?

Si elle le faisait, elle savait très bien ce qui allait se passer.

Le désir qui brûlait entre eux était trop intense — si intense qu'il risquait d'étouffer leur colère, leur ressentiment et leur méfiance.

Finalement, elle monta dans la cabine. Elle leva machinalement la main vers les boutons mais se retint. Il était hors de question qu'elle prenne de nouveau le risque de se retrouver coincée avec lui !

Ronan pouffa de rire et monta à son tour. Il s'approcha des boutons. Muriel ne vit même pas sur lequel il avait appuyé, supposant qu'il cherchait à atteindre le rez-de-chaussée. Au cœur du Garment District, le bâtiment accueillait les ateliers de nombreux créateurs de mode et quelques studios de photographes. Il n'y avait aucun endroit où boire un verre.

Plus elle y songeait, plus Muriel prenait conscience qu'elle avait vraiment besoin de ce verre. Elle ne se souvenait même pas de son dernier repas — et pourtant, elle n'était pas de ces mannequins qui s'affament pour rester minces. Elle aimait beaucoup trop manger pour cela !

Heureusement pour elle, l'industrie de la mode commençait à délaisser les femmes maigres pour des modèles plus en chair et ses courbes étaient appréciées. Sans cela, elle n'aurait jamais trouvé le moindre travail. Maintenant, au contraire, elle était plutôt recherchée…

Professionnellement. Sur le plan personnel, hélas, ce n'était pas la même chose. Aucun homme ne se précipitait pour sortir avec la « croqueuse d'amants » que les médias avaient décrite. Elle avait souvent entendu des gens murmurer que la gent masculine était bien trop intimidée par elle à présent.

Pourtant, l'autre soir, Ronan Hall n'avait pas semblé trop timide. Et elle venait d'en avoir la confirmation : il l'avait traquée jusqu'au studio de Lawrence pour la revoir.

La porte de l'ascenseur se referma, les isolant dans la cabine, qui n'était pas aussi luxueuse que celle de son immeuble. Ce n'était qu'une cage de bois et de métal, très vaste puisqu'on l'utilisait pour transporter des caisses de vêtements d'un étage à l'autre.

C'était un avantage : Muriel n'était pas obligée de rester collée à Ronan. Mais bien qu'elle fît de son mieux pour garder ses distances, elle sentait toujours sa présence électrisante qui échauffait sa chair.

— On devrait aller dans un endroit qui sert des snacks, dit-elle. Je meurs de faim.

Elle sentait d'ailleurs un vide se creuser dans son estomac. Un vide qui n'attendait peut-être pas d'être comblé par un repas rapide. Est-ce que Ronan… ?

Soudain, celui-ci appuya sur un bouton du panneau. Sans prévenir, l'ascenseur s'immobilisa.

— Moi aussi, j'ai faim, murmura-t-il en s'approchant d'elle.

Il la prit dans ses bras et la serra contre lui. Il était si grand, si fort…

Elle sentit immédiatement son sexe dressé, prisonnier de son pantalon, contre sa hanche. N'écoutant que son instinct, elle se cambra et se frotta contre son corps, lui arrachant un gémissement rauque.

— Chaque fois que tu réapparaissais dans une nouvelle tenue, mon appétit grandissait, murmura-t-il.

— Tu n'étais pas obligé de rester.

Néanmoins, elle avait été heureuse qu'il soit encore là dès qu'elle sortait de la cabine d'essayage. Elle voulait qu'il voie ce qu'elle portait ; qu'il la voie et que ses réactions trahissent son désir.

— Je ne pouvais pas partir.

Sa voix essoufflée exprimait presque quelque chose de douloureux à présent.

— Pourquoi ? demanda-t-elle.

— Parce que je n'avais pas encore eu ce que j'étais venu chercher.

— Et qu'es-tu venu chercher ?

Il se pencha sur elle et l'embrassa fiévreusement, passionnément. Ses lèvres se pressaient contre les siennes. Il la mordilla jusqu'à ce qu'elle frissonne de plaisir.

— Je suis venu pour toi, lui souffla-t-il à l'oreille. Pour ça…

Ses mains glissèrent sur le corps de Muriel, soulevant son pull pour le passer au-dessus de sa tête. Il poussa un soupir lascif.

— J'espérais te voir porter ça, dit-il.

C'était le soutien-gorge noir avec le nœud au milieu. Bette était un génie de la lingerie. Elle avait réussi à créer ce soutien-gorge en s'arrangeant pour que le nœud le tienne fermé tout en offrant le support nécessaire au maintien des seins. D'ailleurs, chaque fois qu'elle le mettait, Muriel les sentait s'arrondir dans les bonnets pigeonnants.

— Pourquoi ? chuchota-t-elle, le souffle court.

Son cœur battait si fort qu'elle arrivait à peine à respirer. Dès qu'elle essayait de prendre une inspiration, sa poitrine se gonflait, menaçant de déborder du soutien-gorge noir.

Ronan tira l'un des rubans pour défaire le nœud et, en un instant, Muriel sentit ses seins retomber, enfin libres. Elle avait de plus en plus de mal à respirer, envahie par une excitation comme elle n'en avait encore jamais connu. Sous le regard de Ronan, ses tétons se tendirent, appelant ses mains et ses lèvres.

— Voilà pourquoi, dit-il. Je mourais d'envie de défaire ce nœud.

Muriel avait passé presque toute sa carrière à présenter des collections de lingerie et des maillots de bain, ce qui l'avait obligée à oublier sa pudeur très jeune. Mais le regard de braise de Ronan Hall lui donnait l'impression d'être encore plus nue que jamais.

Il ne regardait pas que son corps. Elle avait l'impression qu'il essayait de regarder au fond d'elle, de percer les secrets de son cœur. Peut-être se demandait-il si elle en avait un ?

Elle en avait un, bien sûr ! Mais elle était convaincue que lui n'en avait pas. Que faisait-elle donc, à moitié nue dans un ascenseur, avec l'homme qui avait failli détruire sa vie ?

4

Ronan sentait son sang pulser dans son sexe tandis que son cœur battait à coups redoublés dans sa poitrine. Muriel était encore plus belle en vrai que dans ses fantasmes. Sa poitrine était généreuse, si parfaite dans sa rondeur alanguie. Ses tétons étaient tendres et rosés. Il avait tellement envie de les embrasser qu'il eut du mal à résister. Seulement, quand il se pencha vers eux, elle recula.

Ses yeux verts étaient envahis par une soudaine vague de panique, et elle couvrit ses seins de ses mains.

Sans comprendre, Ronan, jeta un regard autour de lui. Y avait-il une caméra de sécurité ? Il n'y avait pas pensé, ce qui était impensable pour un homme tel que lui… Mais, après avoir assisté à ce shooting, il avait été incapable de réfléchir posément. Il s'était laissé dominer par les désirs qui enflammaient ses sens.

Jamais encore il n'avait autant désiré une femme. Il voulait la rendre accro à lui ; et voilà qu'il commençait à craindre que ce soit l'inverse… Pourtant il n'avait pas encore couché avec elle.

Peut-être que tout cela était une erreur. Peut-être qu'il aurait mieux fait de reculer, lui aussi. Il sentit monter en lui une panique semblable à celle qu'il lisait sur son visage. Hélas, elle n'était pas aussi convaincante que le désir qui coulait dans ses veines.

— Qu'est-ce qu'on est en train de faire ? demanda Muriel d'une voix horrifiée.

Il haussa les épaules. Ce n'était pas comme s'il pouvait admettre à voix haute avoir tenté de la séduire pour qu'elle avoue la vérité au tribunal. Elle ne savait peut-être même plus distinguer la vérité du mensonge, à la longue. La mère de Ronan était comme ça, elle aussi : tellement embourbée dans ses propres mensonges qu'elle finissait par y croire.

— Je te hais, murmura Muriel dont les lèvres tremblaient d'une rage à peine contrôlée. Je te hais pour tout ce que tu m'as fait.

En un instant, une nouvelle émotion prit Ronan à la gorge : le regret. Pourtant, il s'était contenté de faire son travail et d'obtenir le meilleur verdict possible pour son client.

— Je ne t'ai rien fait, protesta-t-il.

Rien qu'elle n'ait pas mérité, en tout cas. Elle avait fait vivre un enfer à son mari. Ronan n'avait jamais vu d'homme aussi brisé, à part son père. Une nouvelle vague de panique le fit frémir. Heureusement, il n'avait rien à craindre de cette femme. Il n'était pas comme son père ni comme l'ex de Muriel : il était trop futé pour se laisser aveugler par un joli minois. D'ailleurs, il était trop futé pour se laisser aveugler par quiconque. Jamais…

La respiration de Muriel se fit sifflante, comme celle d'un serpent. Elle se pencha pour ramasser rageusement son soutien-gorge abandonné sur le sol de l'ascenseur.

— Comment oses-tu dire que tu ne m'as rien fait ? s'écria-t-elle. Tu as embauché une boîte de com pour me salir !

— Ce n'est pas comme si ta carrière en avait souffert, lui fit-il sèchement remarquer. En fait, je suis même convaincu que ce procès t'a donné un sacré coup de pouce.

À présent, tout le monde connaissait son nom et son visage, alors qu'avant on ne connaissait que son corps. Certes, cela faisait des années qu'elle était mannequin de lingerie, mais elle n'était devenue célèbre qu'à cause de son divorce mélodramatique.

Elle secoua vivement la tête, laissant sa chevelure soyeuse retomber sur ses épaules nues. Elle n'avait pas encore enfilé son soutien-gorge et se tenait debout devant lui, les bras toujours plaqués contre sa poitrine.

Ronan mourait d'envie de revoir ses seins si parfaits. Il voulait les toucher. Les goûter.

— Au contraire, tu devrais me remercier, reprit-il avec un grand sourire.

Elle ôta une main de sa poitrine pour le gifler mais il attrapa son poignet au vol et tira sur son bras pour la plaquer contre lui.

— Ce n'est pas comme ça qu'on remercie quelqu'un, dit-il sévèrement. On fait plutôt comme ça…

Sur ce, il se pencha pour l'embrasser et, à l'instant même où leurs lèvres se rencontrèrent, il oublia ses plaisanteries. Ou même sa panique.

Il oublia tout, à part son désir pour elle. Les seins nus de Muriel se pressèrent contre son torse, et il sentit la boule tendue de ses tétons à travers la soie fine de sa chemise. Il ravala un gémissement tandis que son corps se crispait instinctivement sous le coup de l'excitation. Puis il étouffa les soupirs de Muriel par un baiser encore plus passionné.

Il glissa alors sa langue entre ses lèvres entrouvertes et rencontra la sienne. En un instant, la température grimpa dans la cabine de l'ascenseur tandis qu'ils s'abandonnaient l'un à l'autre.

Jamais il n'avait connu un tel baiser — tout de soupirs tremblants et de gémissements avortés. C'était à la fois humide et sauvage. Aussi humide et sauvage que ce qu'il espérait trouver entre les cuisses de Muriel. Incapable d'attendre plus longtemps, il s'écarta juste assez pour la caresser.

Il laissa ses mains explorer sa poitrine, sa peau fine et soyeuse, ses tétons durcis qui pointaient sous ses paumes.

Elle gémit de nouveau.

Puis il se pencha pour embrasser ses seins, jouant tour à tour avec chacun de ses tétons. Il les mordilla un peu.

Muriel glissa ses mains dans ses cheveux. Elle ne le repoussa pas. Au contraire, elle l'attira plus encore contre elle. Ses doigts passèrent de sa tête à sa nuque pour le débarrasser de sa cravate avant de s'attaquer aux boutons de sa chemise. Une fois qu'il se retrouva torse nu, elle le caressa si férocement que ses ongles le griffèrent.

Ronan sentit le désir enfler en lui, presque insoutenable. Il s'écarta mais elle le suivit, pressant ses seins contre son torse. C'était si bon de l'avoir là, dans ses bras.

Il la serra et, pendant quelques instants, se contenta de profiter de cette sensation, de cette chaleur nouvelle. Mais son corps en voulait plus. Son désir brûlant cherchait à s'assouvir, d'une manière ou d'une autre.

Il fallait que Ronan la possède, la goûte, la sente. Il fallait qu'il s'enfouisse au plus profond d'elle. Il descendit les mains jusqu'à la taille fine de Muriel et ouvrit la braguette de son jean. La fermeture Éclair émit un son inattendu dans le silence de la cabine — un bruit qui fit battre le cœur de Ronan plus fort. Muriel le laissait faire, comme elle l'avait laissé lui ôter son pull et son soutien-gorge. Le laisserait-elle aussi lui enlever son jean ?

Elle recula d'un pas sans même lui laisser le

temps d'essayer et il retint son souffle. Elle allait l'arrêter. C'était fini.

Bien sûr, il comprenait…

Elle lui en voulait pour toute la publicité négative que son divorce lui avait rapportée et pour tous les ragots que les médias avaient colportés sur elle. Mais, comme il le lui avait déjà fait remarquer, cela n'avait pas causé de tort à sa carrière ; alors qu'elle essayait à présent de détruire la sienne en portant plainte auprès du barreau. D'ailleurs, il devait avoir perdu la tête pour se laisser séduire par elle, après ce qu'elle avait fait…

Oui, il était fou, et plus exaspéré que jamais. Mais, même dans de telles circonstances, il n'arrivait pas à la repousser. Elle était bien trop belle et trop sexy pour ça. Et puis, il n'avait pas vraiment envie de lui résister.

Il la désirait trop. Plus important encore, il voulait qu'elle le désire, elle aussi.

Mais il ne pourrait jamais la rendre folle de désir si elle coupait court chaque fois qu'ils se voyaient !

Pendant un long moment, elle ne dit rien, se contentant de le regarder tel qu'il était, torse nu. Son regard avait tout d'une caresse, et Ronan pouvait presque sentir la chaleur de son corps, de sa peau, à deux pas de lui.

Elle recula davantage et se tourna silencieusement vers les boutons de l'ascenseur. Ronan retint son souffle, craignant qu'elle ne remette la cabine en marche.

Mais, si elle avait voulu sortir de l'ascenseur, n'aurait-elle pas d'abord remis son soutien-gorge et son pull ? Au lieu de ramasser ses vêtements abandonnés par terre, elle glissa les pouces dans la ceinture de son jean pour le faire descendre lentement, dévoilant un string orné d'un petit nœud au sommet de ses fesses à la rondeur parfaite.

Ronan serra les poings pour ne pas se jeter sur elle. Le fait qu'elle soit en train de se déshabiller ne voulait pas dire qu'elle était prête à coucher avec lui. Peut-être avait-elle simplement l'intention de le torturer. Peut-être cherchait-elle à se venger de lui.

La voir comme cela, presque nue et resplendissante, sans avoir le droit de la toucher était encore pire que se faire radier du barreau…

Qu'est-ce que tu es en train de faire ?

Muriel se posa la question pour la dixième fois, mais, de nouveau, elle ne trouva pas de réponse. Bien sûr, elle savait ce qu'elle croyait être en train de faire : mettre en pratique son plan bien huilé pour avoir Ronan en son pouvoir et le pousser à avouer la vérité.

Mais personne ne pouvait avoir de vrai pouvoir sur Ronan Hall. Ni les femmes ni les hommes…

Il était trop puissant, trop endurci — au quotidien, et sans doute aussi dans la chambre à coucher.

Elle avait entendu tant d'histoires à son sujet qu'elle avait bien vite compris qu'il était aussi impitoyable au tribunal que dans sa vie privée.

D'ailleurs, elle avait travaillé avec certaines de ses ex-petites amies, et toutes lui avaient raconté la même chose. C'était toujours Ronan qui mettait fin à ses liaisons — en général bien trop tôt aux yeux de la femme concernée.

De plus, aussi cruelle que soit son attitude envers elles, elles en voulaient toujours plus. Certaines lui avaient même avoué qu'elles l'avaient supplié de ne pas les quitter.

C'était donc Muriel, et pas Ronan, qui devait craindre de finir à genoux. Encore une fois.

Il avait déjà réussi à la vaincre, au tribunal. À présent, elle craignait qu'il ne le fasse également ici. Parce que chaque fois qu'il la touchait…

Qu'il l'embrassait…

Il attisait son désir plus qu'aucun autre homme avant lui. Exactement comme le lui avaient dit ces autres femmes.

À présent, il avait cessé de la toucher ou de l'embrasser, et elle était libre de remettre ses vêtements et de redémarrer l'ascenseur. Mais, quand elle se pencha pour remonter son jean, un bruit étrange résonna dans la cabine.

C'était un gémissement sourd, guttural, un cri d'animal qui souffre ou d'homme qu'on torture. Ronan étant la seule autre personne dans l'ascenseur, Muriel se tourna vers lui sans cacher sa surprise.

Il était à genoux, à présent, et même comme cela sa tête arrivait au-dessus de la taille de Muriel. Il était si grand, si musclé.

Et si sexy !

Son souffle chaud venait effleurer le bas de son ventre, et elle se crispa instinctivement, traversée par une vague électrisante qui allait de ses tétons à son sexe.

— Tu es parfaite, murmura-t-il en déposant un baiser furtif sur sa peau nue.

Elle aurait pu le repousser, lui rappeler qu'elle n'était pas la femme dont il avait dressé le portrait au tribunal. À l'époque, elle avait été tout sauf parfaite…

Mais elle fut incapable de prononcer le moindre mot. Elle ne put même pas bouger. Elle était figée, attendant qu'il la touche de nouveau.

Les lèvres de Ronan vinrent de nouveau caresser son ventre, sa hanche, avant de descendre plus bas, à travers la dentelle de son string. Elle sentit alors son souffle enfiévré sur son sexe. Il la toucha aussi avec ses mains qui se refermèrent sur ses fesses. Il dut tirer sur le ruban niché là, si délicatement qu'elle ne sentit pas le nœud se défaire. Elle ne s'en rendit compte que lorsque son string glissa le long de ses cuisses.

Plus rien ne séparait ses lèvres de son intimité. Il laissa lentement sa langue effleurer son clitoris avant de la soulever et de faire passer ses jambes sur ses épaules. Là, adossée à la cloison, Muriel s'abandonna à lui. Il l'embrassa, la lécha, l'explora avant de glisser sa langue en elle.

Muriel se sentit soudain fondre, emportée par son plaisir comme un nageur par le courant. Elle sentait Ronan lécher et sucer ces parties si sensibles de son corps jusqu'à la rendre folle. Elle gémit, soupira, se cambra. Sans le soutien de la cloison dans son dos, elle se serait probablement écroulée. Les planches de bois étaient froides et dures contre sa peau. Mais elle s'en moquait.

Elle baignait dans la chaleur et dans l'aura de Ronan. Elle s'agrippa à lui tandis qu'il poursuivait son œuvre. Tandis que sa langue jouait encore et encore avec elle. Au bout d'un moment, il fit remonter une de ses mains jusqu'à sa poitrine pour la refermer sur son sein et pincer son téton.

L'orgasme déferla sans prévenir, arrachant à Muriel des cris sauvages et faisant monter des larmes brûlantes à ses yeux. Soudain, elle comprit pourquoi toutes les femmes avec qui elle avait parlé le suppliaient de les reprendre.

En dépit de la jouissance qui la traversait si brutalement, elle en voulait plus.

D'ailleurs, Ronan ne s'était pas écarté ni redressé. Il continuait à la lécher et à l'embrasser comme si la saveur de son orgasme ne l'avait pas contenté. Mais elle ne voulait pas qu'il la fasse de nouveau jouir ainsi.

Elle le voulait, lui. Elle voulait le sentir en elle.

Elle reposa les pieds par terre et tenta de reprendre son équilibre. En vain. Son corps était encore trop affaibli par le plaisir et ses muscles ne lui répondaient plus. Elle se laissa donc glisser le long de la cloison et se retrouva à genoux devant lui. Elle avait déjà déboutonné la chemise de Ronan. Il ne lui restait donc plus qu'à la faire glisser de ses épaules en même temps que sa veste de costume avant de s'attaquer à sa ceinture.

Il l'en empêcha en saisissant sa main.

L'espace d'un instant, les souvenirs amers de son mariage lui revinrent en mémoire. Elle n'était pas l'accro au sexe que son ex et tous ces témoins prétendaient avoir connue. Mais elle avait plus besoin de plaisir que son mari, c'était certain.

Chaque fois qu'elle avait envie de faire l'amour, il trouvait une excuse. Il ne se sentait pas bien. Il était fatigué.

Tant et si bien qu'elle avait fini par se demander si ce n'était pas sa faute, en fin de compte. Peut-être n'était-elle pas aussi séduisante que cela, après tout…

Cependant, les yeux sombres de Ronan brûlaient de désir pour elle, à présent. Son pouce lui caressait le poignet, à l'endroit où le sang battait sous la peau fine. Quand il reprit la parole, sa voix était rocailleuse et délicieusement suave :

— Si tu me touches maintenant, je vais jouir… et je veux que ça dure plus longtemps.

Muriel aussi.

Ces simples paroles — et cette voix si sensuelle, si animale — suffirent à faire monter un nouvel orgasme qu'elle retint à grand-peine. De nouveau, le regard de Ronan sur son corps devint caresse.

Il s'humecta les lèvres, encore humides sans doute de sa jouissance, et soupira :

— Tu as un goût si doux. Je pourrais rester toute la nuit entre tes jambes…

— Nous n'avons pas toute la nuit, lui rappela-t-elle.

Bientôt, quelqu'un allait remarquer que l'ascenseur ne fonctionnait pas et on ferait venir un réparateur.

— Il faut qu'on se dépêche.

Elle se moquait qu'il jouisse vite ou non. Elle avait simplement besoin de le voir prendre son plaisir — en elle. Avec un préservatif, bien sûr. Elle ne prenait jamais de risque, de ce côté-là. Elle attrapa son sac à main, abandonné par terre. Elle avait quelques préservatifs à l'intérieur.

Soudain, un doute l'assaillit.

Heureusement, elle n'eut pas à fouiller : Ronan en tira un de son portefeuille. Il se leva, défit sa ceinture et ouvrit sa braguette.

Muriel attendit, le souffle court, qu'il se débarrasse de son boxer de soie. Dès qu'elle le vit nu, elle ne put retenir un hoquet de surprise et d'admiration. Son sexe dressé était énorme — long, large et impatient…

Elle eut immédiatement envie de le toucher, de le sucer comme il l'avait fait quelques minutes plus tôt. Mais, quand elle s'approcha de lui, il la retint d'un geste doux.

— On n'a pas le temps, lui rappela-t-il.

Avait-elle entendu une pointe de regret dans sa voix ?

Oui. Il voulait la laisser faire, cela se voyait dans ses yeux tandis qu'il la dévisageait, à genoux devant lui. Elle se lécha les lèvres pour l'exciter, et il lâcha le même gémissement torturé qu'auparavant.

Mais il résista et ôta son pantalon avant d'ouvrir la pochette de plastique et d'enfiler le préservatif. Il devait les commander sur mesure, car il le couvrit bien mieux qu'un préservatif standard aurait pu le faire.

— Il est si… énorme, souffla-t-elle dans un instant de peur.

Allaient-ils y arriver ?

Elle brûlait de le découvrir. Elle s'allongea sur le sol de l'ascenseur et, sous le regard fiévreux de Ronan, elle laissa une main courir le long de son corps — de sa gorge à sa poitrine, son ventre, puis son sexe déjà humide et brûlant. Elle se toucha et gémit, prête pour lui.

De nouveau, il poussa son petit cri de bête blessée.

— Si tu continues comme ça, je vais jouir avant même qu'on fasse l'amour, la prévint-il avant de s'agenouiller de nouveau.

Cependant, au lieu de se glisser entre ses jambes, il la souleva pour qu'elle le chevauche, l'aidant à se redresser jusqu'à ce qu'elle puisse se laisser descendre sur son sexe dressé. Elle le guida d'une main, déjà frissonnante de plaisir. Aussi excitée qu'elle fût, elle dut laisser à son corps un peu de temps pour s'adapter à ce sexe traversé de pulsations sourdes, tout aussi gonflé de désir que le sien.

Elle ne quittait pas Ronan des yeux. Son beau

visage était crispé, des gouttelettes de sueur perlaient sur son front et ses mâchoires restaient serrées. Il baissa la tête pour l'embrasser. Alors que leurs langues se rencontraient, il donna un puissant coup de reins. Sa main chaude se referma sur la hanche de Muriel pour la guider, la faire monter et redescendre dans un va-et-vient endiablé.

Leurs deux corps trouvèrent immédiatement leur rythme, et la cabine d'ascenseur se mit à résonner de leurs soupirs…

Muriel sentit des larmes lui monter aux yeux tant elle avait besoin de jouir. Elle était si proche du plaisir… Et, instinctivement, elle savait que ce qui venait allait être bien plus puissant que tout ce qu'elle avait ressenti auparavant.

Rien qu'avec sa bouche, il avait su lui offrir un orgasme incomparable. Alors, avec son sexe…

Avec cet énorme sexe palpitant…

Elle n'imaginait même pas ce qu'il allait lui faire découvrir. Soudain, elle sentit tous ses muscles se crisper. Ronan glissa une main entre ses cuisses et laissa son pouce courir sur son clitoris — une fois, deux fois…

La jouissance fut si violente que Muriel hurla. Une vague de plaisir la traversa, puis une autre…

Puis encore une autre…

Ce fut alors qu'elle sentit Ronan se crisper aussi, la tenir par les hanches et la serrer contre lui. Dans un frisson brutal, il cria à son tour, et son corps entier se mit à trembler.

En un instant, Muriel fut traversée par une

panique soudaine. Au lieu de s'abandonner à la douce langueur qui suit d'habitude l'amour, elle sentait une terreur glacée l'envahir. Qu'avait-elle fait ?

Ce cri qu'elle avait poussé…

Elle n'avait jamais crié comme ça, avant. D'ailleurs, elle n'avait jamais rien ressenti de semblable avant non plus.

Et c'était bien ce qui lui faisait si peur. Elle se redressa donc brusquement et attrapa ses vêtements. Ses doigts tremblaient encore trop pour lui permettre de refaire tous les nœuds de Bette. Elle se contenta donc d'enfiler son jean et son pull avant de fourrer ses sous-vêtements dans son sac à main.

Ronan s'habilla aussi, mais pas aussi vite. Il prit même le temps d'examiner l'intérieur de la cabine en reboutonnant sa chemise. Ses mains ne tremblaient pas et ses gestes étaient sûrs.

Muriel le haït soudain pour ce calme, en plus de toutes les autres raisons qu'elle connaissait déjà par cœur. Comment pouvait-il paraître si paisible, si blasé, après ce qu'ils venaient de partager ? Ah oui, bien sûr : il devait coucher avec des femmes différentes tous les jours de la semaine !

C'est elle qui en était réduite à utiliser des vibromasseurs sans âme — à cause de lui. D'une certaine manière, il était juste qu'il lui ait donné de tels orgasmes après tout ce qu'il avait fait.

Il lui devait bien ça.

Mais il l'avait aussi effrayée. Quelqu'un les

avait sans doute entendus et cherchait l'origine de tout ce tapage. Elle décida néanmoins d'attendre quelques minutes avant de redémarrer l'ascenseur. Il valait mieux que personne ne les voie en sortir tout de suite : on aurait pu faire le lien et deviner leur activité…

Toute la cabine sentait le sexe, l'orgasme et la transpiration.

Un voile de sueur perla entre les seins de Muriel.

— Il y a une caméra de sécurité, ici ? demanda Ronan. C'est ça qui t'a fait si peur ?

Elle réprima un nouveau cri à cette idée. Elle avait craint d'être surprise en pleine action, mais elle n'avait même pas envisagé qu'il puisse y avoir une caméra.

C'était pourtant logique… Pourquoi cela ne lui était-il pas venu à l'esprit ? Avec sa chance, il y en avait sans doute une et quelqu'un était déjà en train de publier sa sextape sur Internet.

Sa sextape avec Ronan Hall…

Elle aurait dû être horrifiée à cette idée. Pourtant, une étincelle d'excitation crépita en elle à l'idée de pouvoir regarder de l'extérieur ce que Ronan lui avait fait. Ce qu'elle voulait qu'il fasse de nouveau. Hélas, si elle se tournait vers lui à cet instant, il allait croire que tout ce que les témoins avaient dit était vrai — qu'elle était accro au sexe.

D'une main tremblante, elle appuya sur le bouton de démarrage manuel de l'ascenseur. Il fallait qu'elle trouve un gardien dans l'immeuble, qu'elle s'assure de récupérer l'unique copie d'une éventuelle vidéo de surveillance.

— Tu ne veux même pas me regarder ? demanda Ronan.

Si elle ne l'avait pas connu parfaitement, elle aurait presque pu entendre une pointe de douleur dans sa voix. Mais, après toutes les semaines qu'ils avaient passées au tribunal, elle savait très bien de quoi il était capable. Il ne se souciait pas des sentiments des autres parce qu'il n'en avait pas lui-même. Elle ne pouvait pas lui avoir fait de mal.

Elle n'avait pas ce pouvoir… Sauf si sa plainte lui faisait perdre son droit d'exercer. Elle sentit soudain une pointe de remords et dut se souvenir de tout le temps passé devant le juge, de tous les mensonges qui avaient été dits à son sujet, de tous les reporters qui l'avaient traquée pour lui arracher une interview.

Ne se fiant pas à sa voix, elle secoua la tête. Non. Elle ne pouvait pas le regarder. Elle aurait dû être dégoûtée par ce qu'elle venait de faire avec lui. Pourtant, si elle n'osait pas affronter son regard, c'était au contraire parce qu'elle avait envie de recommencer.

Malgré tout…

Les deux orgasmes qu'il venait de lui offrir n'avaient fait qu'ouvrir son appétit. Le plan qu'elle avait si soigneusement mis au point venait de se retourner contre elle. Elle n'arriverait jamais à le mettre à genoux — en tout cas, pas comme elle le voulait. Par contre, elle commençait à craindre de se retrouver à genoux devant lui et d'y rester pour le supplier de la faire jouir de nouveau, de n'importe quelle manière. Il valait sans doute mieux qu'elle parte et qu'elle ne le revoie jamais. Sauf sur la vidéo de surveillance, si elle existait.

Et elle espérait presque que ce soit le cas.

5

Quel dommage qu'il n'y ait pas eu de caméra de surveillance dans l'ascenseur ! Sinon, Ronan aurait pu vérifier que ses souvenirs de la semaine précédente étaient bien réels, qu'il n'avait pas rêvé cette soirée unique. Il aurait pu être certain d'avoir bien fait l'amour à Muriel Sanz, la « plus belle femme du monde ».

Non pas qu'il soit devenu romantique ou addict à un nouveau fantasme. Il se contentait de répéter ce que le monde entier avait déjà dit. Muriel avait récemment été élue « plus belle femme du monde » par Celebrity International — elle avait d'ailleurs fait la une de tous les magazines et s'affichait partout sur Internet. Où qu'il aille, Ronan ne pouvait lui échapper…

Pourtant, cela faisait plusieurs jours qu'il ne l'avait pas vue. Il commençait même à douter de ses propres souvenirs, d'autant plus que leurs ébats dans l'ascenseur n'avaient pas suffi à le soulager de la tension qui continuait à monter en lui.

Peut-être que cela n'avait rien à voir, après tout.

Peut-être était-il simplement tendu parce qu'il était sur le point de rejoindre ses associés pour une réunion imprévue. Arrivé dans la salle de conférences, il n'eut pas besoin que l'un d'eux prenne la parole pour deviner qu'on allait parler de lui.

Leur réunion hebdomadaire concernant les affaires de Street Legal avait lieu le mardi et on était vendredi. Bien sûr, cela pouvait aussi être à cause de l'approche du procès de meurtre géré par l'un des associés, Stone Michaelsen. C'était l'affaire la plus médiatisée dont il se soit jamais occupé : il représentait un milliardaire accusé d'avoir tué sa jeune épouse. Se pouvait-il que leur travail sur le dossier ait été compromis ? Depuis quelque temps, on commençait à croire qu'il y avait une taupe au cabinet. Certaines notes prises par le collègue de Ronan, Trevor Sinclair, avaient été envoyées à l'avocat de son adversaire, lors de sa dernière affaire. Trev avait tout de même gagné le procès qui l'opposait à l'une des plus importantes firmes pharmaceutiques du pays ; le vol ne l'avait donc pas contrarié outre mesure.

Ce qui n'était pas le cas des documents concernant Ronan qui avaient été envoyées au barreau. Certes, il s'agissait de faux, mais ils pouvaient tout de même compromettre sa carrière. Il risquait de perdre son droit d'exercer ou, au moins, d'être sanctionné. Si cela arrivait, tout le cabinet en subirait les conséquences.

Il jeta un rapide coup d'œil à ses trois associés, assis autour de la table avec lui. Ces hommes n'étaient pas que des collègues. C'étaient ses amis — des amis de longue date. Sans eux, Ronan n'aurait jamais survécu aux mois qu'il avait passés dans la rue, adolescent. Et c'est au nom de cette amitié qu'il devait régler le problème au plus vite.

— Ne vous en faites pas, dit-il donc en voyant leurs visages inquiets. J'ai les choses bien en main.

— Tu sais qui est la taupe ? demanda Simon d'un ton plein d'espoir.

En tant que chef du cabinet, il avait promis d'identifier le responsable des fuites mais tout ce qu'il avait réussi à trouver, c'était l'amour...

Ronan aurait préféré que Simon découvre la taupe — et ce n'était pas seulement par égoïsme. Tomber amoureux d'une autre femme aurait moins mis ses amis en danger qu'offrir son cœur à son assistante.

— Non, répondit Ronan à regret. Je ne sais pas qui c'est...

La source des infos diffusées en sous-main était forcément un membre du cabinet qui avait accès à tous leurs dossiers.

— Nous devons à tout prix démasquer cette taupe ! lâcha Trevor.

Il était toujours agacé d'avoir failli perdre son grand procès civil à cause de ces fuites. Après un court silence, il ajouta :

— Tu devrais te presser pour savoir qui s'est permis de te salir comme ça auprès du barreau.

Une vague de chaleur envahit le cœur de Ronan. Trev se souciait de lui. Ils se souciaient tous de lui ; et lui, en dépit de sa réputation de cœur de pierre, aurait été capable de se couper un bras pour eux.

— Je suis vraiment désolé, dit-il.

— C'est moi qui étais censé trouver cette taupe, coupa Simon.

— D'autant plus que les mensonges de Muriel Sanz sont totalement invraisemblables, ajouta Stone sans la moindre hésitation. On ne voit pas comment tu aurais pu soudoyer ces témoins pour qu'ils commettent un parjure.

Ronan était soulagé que ses amis aient foi en lui. Si seulement Muriel avait pu faire de même… Elle devait savoir la vérité, sans cela, elle n'aurait jamais rédigé ces faux documents. En dépit de toutes ses justifications maladroites, rien ne prouvait qu'elle n'en était pas elle-même l'auteur. Hélas, si ces faux étaient jugés assez crédibles par le barreau pour ouvrir une enquête, c'était bien qu'ils devaient avoir l'air authentiques. Comment avait-elle réussi un tel tour de force sans aucune aide ?

— Merci, dit-il. Je suis heureux de voir que vous avez confiance en moi.

— De toute manière, on n'a jamais eu besoin de tricher pour gagner un procès, plaisanta Trevor.

— Plus maintenant, en tout cas, murmura Simon.

Il avait été escroc dans une vie antérieure, entraîné par son père à mentir dès le plus jeune âge. Sans son sens de l'arnaque et son charme naturel, Ronan et les autres n'auraient jamais survécu dans la jungle de la rue.

— Quoi qu'il en soit, quelqu'un d'autre triche. Voler des documents est une chose, mais les falsifier…

— Peut-être qu'ils n'ont volé que le papier à lettres, suggéra Trevor, et que le top-modèle a rédigé les faux documents.

C'était bien ce que Ronan croyait — ou avait cru. Après leur parenthèse coquine dans l'ascenseur, il ne savait plus vraiment quoi penser. Il n'était même pas sûr que c'était arrivé… Il était toujours aussi tendu, et son désir pour Muriel ne s'était pas apaisé. Il n'avait même pas essayé de se débarrasser de ses fantasmes dans les bras d'une autre. Seule Muriel était capable de le satisfaire à présent — en tout cas, jusqu'à ce qu'il se lasse d'elle.

En face de lui, Stone lâcha un rire méprisant.

— Vous croyez vraiment qu'elle est assez futée pour avoir fait ça ?

Ronan ne put réprimer un mouvement d'humeur.

— Ce n'est pas une bimbo stupide ! lança-t-il.

Son ami n'avait pourtant pas l'habitude de classer les gens dans des cases uniquement à cause de leur travail… Tout comme Ronan, il était sorti avec beaucoup de top-modèles plutôt intelligentes.

— Elle n'est pas idiote, dit-il d'un ton ferme.

Stone ne parut pas convaincu.

— J'ai lu son dossier. Il fallait qu'elle soit sacrément stupide pour avoir épousé ce type !

— Beaucoup de gens intelligents se marient avec les mauvaises personnes, remarqua amèrement Ronan.

Son père en était la preuve : c'était un homme brillant dans tous les domaines, sauf en amour.

— Je n'en doute pas, répondit Stone. Mais je te rappelle que c'est toi qui l'as fait passer pour une bimbo écervelée.

— Lui et Allison McCann, précisa Trevor en poussant un soupir qui aurait pu passer pour du regret.

Lui aussi s'offrait les services de l'entreprise de relations publiques d'Allison McCann dans tous ses procès. Si Ronan était en charge des divorces de célébrités, Trevor, lui, s'occupait des procès civils médiatisés.

De toute façon, toutes les affaires dont se chargeait Street Legal — jusqu'aux trusts et aux testaments que rédigeait Simon — étaient délicates à cause de la réputation de leurs clients.

— Nous ne sommes pas les seuls à l'avoir décrite ainsi, protesta Ronan. Il y a aussi eu tous les témoins qui, selon Muriel Sanz, auraient menti à la barre.

Était-il possible qu'elle ait dit la vérité ? Il fallait qu'il le sache ! Il fallait qu'il démêle enfin la réalité de la fiction.

Tout comme il fallait qu'il sache s'il avait vraiment fait l'amour à la « plus belle femme du monde » dans cet ascenseur, ou s'il l'avait seulement rêvé.

— Bette pense que les témoins ont menti, lança Simon.

— Bette est son amie, lui rappela Ronan.

Et cette amitié fonctionnait dans les deux sens, vu la véhémence avec laquelle Muriel avait défendu l'ancienne assistante de Simon.

Celui-ci se crispa sur sa chaise.

— Tu ne crois quand même pas que Bette aurait pu fournir ce papier à lettres à Muriel ?

Ronan ne pouvait pas encore écarter cette possibilité — pas tant qu'il ne connaîtrait pas tous les détails de l'affaire. Et, apparemment, il n'était pas le seul à avoir encore des doutes. Trevor et Stone jetèrent de rapides regards en coin à Simon avant de se détourner.

— Vous la croyez vraiment capable de ça ? demanda leur chef.

— Elles sont amies, répondit évasivement Trevor.

— Et alors ? Nous aussi on est amis !

Hélas pour Simon, cette remarque ne joua pas vraiment en sa faveur, et il lâcha un juron entre ses dents.

— Oui, confirma Trevor, et nous serions tout à fait prêts à mentir pour les autres.

Simon soupira.

— Oui, je sais. Mais Bette ne me mentirait pas.

Ronan ne put réprimer un petit rire incrédule. Il n'avait pas encore rencontré de femme incapable de mentir. Comment son ami, si doué pour tirer son épingle du jeu dans la rue, avait-il pu devenir aussi naïf ?

Décidément, tomber amoureux était une erreur pour n'importe qui. Une erreur que Ronan ne commettrait jamais, c'était certain !

Au lieu de se mettre en colère, Simon secoua la tête en silence, comme s'il avait pitié de Ronan. Pourtant, c'était bien lui qui s'était retrouvé lié à une femme sans même s'en apercevoir. Il avait prévu de séduire Bette pour savoir si elle était la taupe du cabinet et il s'était retrouvé pris à son propre piège.

Si quelqu'un devait attirer la pitié c'était Simon. Pas Ronan.

— Pourquoi penses-tu qu'elle ne te mentirait pas ? demanda-t-il, sincèrement curieux.

— Parce qu'elle m'aime.

Ronan gloussa de nouveau.

— Elle m'aime vraiment. Ce n'est pas une passade ou un simple désir. C'est réel, reprit Simon d'une voix plus ferme.

Ronan se sentit un peu triste pour son ami. Comment Simon pouvait-il croire qu'il y avait quoi que ce soit de réel dans l'amour ?

— Dommage que tu n'aies pas été capable de faire la même chose avec Muriel, plaisanta Stone. Si tu arrivais à la séduire, tu pourrais la convaincre de retirer sa plainte !

— Ils prennent vraiment cette histoire au sérieux ? demanda Ronan, soudain inquiet.

Stone acquiesça gravement ; et il devait le savoir de source sûre puisqu'il avait un informateur au barreau.

— Bon sang !

— Essaie de la séduire, ce n'est pas une mauvaise idée, suggéra Trevor. Après tout, ça a marché pour Simon.

Cette fois, ce fut au tour de Simon de rire.

— Ça a marché parce que j'étais déjà proche de Bette. Muriel déteste Ronan. Elle ne le laissera jamais l'approcher.

Oh si, elle l'avait laissé l'approcher — assez près pour qu'il l'embrasse, qu'il la touche, qu'il la goûte et qu'il lui fasse l'amour jusqu'à lui faire perdre la tête… Leur faire perdre la tête.

Et s'il y avait eu une caméra dans l'ascenseur ?

Ils y avaient pensé trop tard. En fait, ils ne s'étaient pas méfiés du tout. Et Ronan n'en avait parlé à personne au bureau. Il n'avait pas avoué à ses amis qu'il avait revu Muriel deux fois depuis le procès, de peur de les inquiéter. Après tout, cela aurait pu aggraver une situation déjà tendue.

D'ailleurs, il craignait toujours de s'être encore plus mis Muriel à dos. Après qu'ils eurent fait l'amour, elle n'avait même pas été capable de le regarder en face…

Stone soupira.

— De toute manière, Ronan n'a pas ton charme, Simon. Tu as raison : ça ne marchera jamais.

— On parie ? lança Ronan.

Simon rit de nouveau, de bon cœur cette fois.

— Tu rigoles ? Tu veux jouer à action ou vérité, maintenant ?

Ils avaient beaucoup joué à ce jeu, autrefois : se

mettant au défi de prendre des risques stupides ou d'avouer la vérité sur les vies déplorables qu'ils avaient fuies. Ronan avait toujours choisi « action ». Maintenant, c'était avec Muriel Sanz qu'il avait l'intention de jouer…

Il était prêt à tout pour lui soutirer la vérité.

— C'est un sale boulot, je te l'accorde, dit-il donc, mais quelqu'un va bien devoir se dévouer.

— Oh ! je me serais bien sacrifié, murmura Stone avec un sourire lascif, si je n'étais pas sur le point d'entamer ce procès pour meurtre.

— Je peux le faire, proposa Trevor dont les yeux bleus brillaient d'excitation. J'aimerais bien me taper la « plus belle femme du monde ».

— Non ! cria Ronan malgré lui.

Il fut surpris lui-même par la violence de sa réaction et par l'étrange flot d'émotions qui le traversait, nouant son estomac au passage. Était-ce de la jalousie ?

Quoi que ce soit, c'était une sensation qu'il n'avait encore jamais éprouvée. Jusqu'à présent, il n'avait pas tenu à une femme au point de devenir possessif. Il avait même organisé des rencontres entre ses amis et certaines de ses ex ! Ça venait peut-être simplement de là, finalement : Muriel n'était pas une ex. Il n'en avait pas encore fini avec elle.

— Je sais que tu penses qu'elle est intenable au lit, reprit Trev. Mais je saurai me débrouiller, ne t'en fais pas. J'aime bien quand ça devient un peu sauvage.

Il lâcha un petit rire machiavélique.

Ronan dut se retenir pour ne pas l'étrangler. Qu'est-ce qui ne tournait pas rond chez lui ? Trev était son ami ! Il serra les dents pour se maîtriser.

— Je m'en occuperai, dit-il aussi calmement que possible. Je lui ai déjà parlé deux fois depuis qu'elle m'a décrédibilisé auprès du barreau.

Ses trois amis se penchèrent immédiatement sur la table pour l'examiner de plus près.

— Quoi ? demanda Ronan, surpris.

— Je cherche des traces de griffes…, dit Trevor.

Instinctivement, Ronan se toucha la joue et son ami éclata de rire.

— Elle t'a frappé ?

— Je l'ai bien cherché.

— Oh ! j'en suis sûr, répondit Trev. Alors, qu'est-ce qui te fait croire que tu sauras la maîtriser ?

Ronan n'était sûr de rien, mais il avait bien l'intention d'essayer…

— Cette histoire me regarde. Et je n'ai encore jamais eu besoin d'aide pour résoudre mes propres problèmes.

Un silence soudain alourdit l'atmosphère. Ses amis se regardèrent puis baissèrent les yeux, comme ils l'avaient fait quand Simon avait affirmé que Bette ne pouvait pas lui avoir menti. Tous connaissaient le problème que Ronan n'avait jamais su régler autrement que par la fuite : ses parents.

Mais, cette fois, il était hors de question qu'il s'enfuie.

Il poussa un profond soupir.

— Allez, les gars. Vous savez bien que c'était il y a longtemps. Je suis capable de m'occuper de Muriel Sanz tout seul.

Il avait d'ailleurs l'intention de s'occuper d'elle de toutes les manières possibles jusqu'à ce qu'elle crie comme elle avait crié dans l'ascenseur.

En tout cas, c'était ainsi qu'il s'en souvenait. Il fallait vraiment qu'il s'assure de ne pas avoir rêvé toute cette histoire…

— Contente-toi juste de ne pas perdre ton objectif de vue, lui conseilla Simon. Tu veux qu'elle retire sa plainte auprès du barreau.

— Et qu'elle te dise qui lui a donné les documents, ajouta Trevor avec un rapide coup d'œil en direction de Simon.

Sans leur laisser le temps de se disputer de nouveau, Ronan se leva.

— Défi accepté, lança-t-il avant de quitter la salle de conférences.

Tandis qu'il laissait ses amis seuls et sortait dans le couloir, il comprit soudain que Muriel Sanz allait sans doute représenter le plus gros challenge de sa vie.

La sonnette émit de nouveau son bruit stressant, et Muriel serra les dents. Cette saleté sonnait sans arrêt depuis des jours — depuis qu'elle avait reçu ce titre ridicule de « plus belle femme du monde », décerné par des magazines en quête de profits. Qui votait, d'ailleurs, pour ces concours stupides ?

La sonnette retentit encore une fois, et elle

traversa son appartement, très encombré depuis quelques jours. Elle jeta un coup d'œil par le judas de la porte mais ne vit rien d'autre qu'une brassée de lys tigrés orange, de gardénias rouges et de tulipes jaunes. Le bouquet était vraiment magnifique… Comment le refuser ? Elle soupira et ouvrit la porte.

— Vous devez en avoir marre de monter toutes ces fleurs chez moi, dit-elle.

Mais, à ce moment le bouquet bougea, dévoilant un visage auquel elle ne s'attendait pas — un visage d'une beauté toujours aussi stupéfiante. Ce n'était pas Howard, le portier grisonnant, si ridé qu'il lui rappelait un vieux bouledogue. C'était l'homme qui l'avait empêchée de dormir depuis une semaine et lui avait fait passer des nuits blanches, au milieu de ses draps froissés…

De son côté, il n'avait pas l'air d'avoir souffert d'insomnies : il était aussi séduisant que d'habitude. Il n'était sans doute pas venu directement de son bureau, car il portait un jean et un T-shirt qui dévoilait ses bras — dont les muscles saillaient sous le poids de ce qu'il portait.

— Que fais-tu là ? demanda Muriel.

Son cœur se mit à battre plus fort quand elle réalisa qu'il avait réussi à découvrir son étage et le numéro de son appartement. Il l'avait pistée jusqu'au studio photo, et voilà qu'il venait de la pister jusque chez elle.

En plus du bouquet, il avait apporté une bouteille de vin.

— Nous ne sommes jamais allés boire ce verre que tu m'avais promis, répondit-il.

Ses yeux brillaient d'une malice sensuelle. Sans doute se souvenait-il aussi bien qu'elle de ce qu'ils avaient fait, au lieu d'aller boire un verre, ce fameux soir.

Ils avaient assouvi leurs appétits dans l'ascenseur. Non, pas assouvi. Cet interlude coquin avait juste attisé davantage le désir de Muriel… pour Ronan.

Il la dévisageait à présent en silence, debout sur le pas de sa porte.

— Tu n'es pas venu pour boire un verre, dit-elle simplement.

Elle n'était certainement pas habillée comme la « plus belle femme du monde », avec son vieux legging de yoga et son débardeur… Cependant, Ronan la regardait comme si elle portait encore ses *Petits Nœuds de Bette*. Était-il capable de deviner ce qui se cachait sous le fin débardeur et le legging moulant ?

Sans attendre qu'elle l'y invite, il entra dans l'appartement, et Muriel recula instinctivement pour le laisser passer. Il ne se gêna pas pour investir le couloir. En plus de la bouteille de vin, il tenait un grand sac dont s'échappaient des odeurs épicées et alléchantes.

— Non, je ne suis pas simplement venu boire, confirma-t-il. J'ai aussi apporté le dîner. Je crois me souvenir que tu avais très faim, l'autre soir.

— C'était il y a plus d'une semaine, lui rappela-t-elle. Figure-toi que j'ai mangé, depuis !

Néanmoins, elle avait faim, mais d'autre chose que des barquettes entassées dans le sac. Elle avait faim de lui. Soudain, son estomac se mit à gargouiller vigoureusement, et elle se souvint qu'elle n'avait pas non plus mangé ce soir.

Ronan gloussa.

— Tu as visiblement sauté des repas aujourd'hui.

— Juste pendant ces deux dernières heures, répondit-elle avec un haussement d'épaules.

Ronan jeta un nouveau coup d'œil à sa silhouette.

— Tu ne t'affames pas, au moins ?

Cette fois, ce fut à elle de rire.

— Tu crois que j'aurais ces formes-là si je ne mangeais pas ?

Il acquiesça, laissant échapper un soupir lascif.

— Non, en effet. Du coup, je suis content d'avoir pris autre chose que de la salade…

— Tu as pris quoi ? demanda-t-elle, tout en ayant conscience que le laisser rester chez elle serait stupide.

Si elle ne le mettait pas immédiatement à la porte, ils ne se contenteraient pas de partager un repas avec une bouteille de vin. Ils feraient l'amour aussi. Et c'était exactement pour cela qu'elle avait envie qu'il reste.

Elle avait vraiment, vraiment envie de coucher de nouveau avec cet homme ! Ne serait-ce que pour savoir s'il était aussi doué qu'il en avait eu l'air dans l'ascenseur. Ou si c'était juste une illusion due au fait qu'elle avait passé des mois avec son vibromasseur pour seul compagnon.

— Je suis passé chez Carmine's, dit-il.

— Je vois ça, répondit-elle en montrant le logo sur le sac.

— Au menu, ce soir : pâtes au *ragù* et parmesane de poulet.

L'estomac de Muriel gronda de satisfaction.

— Bon choix. Et le vin ?

Il leva la bouteille pour la lui montrer et déclara d'un ton emphatique :

— Pinot noir.

Comment avait-il pu deviner les plats et boissons qu'elle préférait ? Soudain, elle comprit : elle avait accordé une interview au magazine qui l'avait gratifiée de ce titre ridicule. Elle contempla un instant le visage innocent de Ronan.

— Tu as bien fait tes recherches…

Il ne nia pas, se contentant de sourire. Qu'il était sexy quand il souriait et que ses yeux sombres brillaient de malice !

— J'ai de la chance, dit-il. Ce sont aussi mes préférés.

Devait-elle le croire ? Sans doute pas. Elle ne pouvait pas se permettre de croire à grand-chose, en ce qui concernait Ronan Hall. Mais, pour le moment, cela n'avait aucune importance. Elle avait trop faim — et pas uniquement de pâtes et de poulet.

Elle lui prit le sac des mains et le guida jusqu'à son petit coin repas, dans le salon. La table à manger débordait de fleurs, tout comme la table basse et l'étroite console de l'entrée. Les bouquets entassés étaient la seule note de couleur de l'appartement qu'elle avait décoré en teintes sobres pour se créer son oasis de sérénité après le chaos que le divorce avait fait naître dans sa vie. Les murs et le plafond étaient blancs, ainsi que le mobilier. Et le sol était recouvert d'un parquet de chêne clair brut.

— On se croirait dans un magasin de pompes funèbres, ici ! remarqua Ronan en voyant toutes les fleurs.

— Tu n'es pas le seul à avoir lu cet article, figure-toi. On me les a envoyées pour me féliciter.

Des hommages de la part de personnes qu'elle ne connaissait absolument pas, de créateurs de mode, de photographes, et même de quelques producteurs de films. Elle frémit, bouleversée par toute l'attention qu'on lui portait.

Ronan lui tendit alors son propre bouquet, avec un petit sourire d'autodérision.

— Félicitations.

Elle haussa les épaules.

— Je n'y suis pas pour grand-chose.

En fait, c'était très certainement à cause de la mauvaise publicité que Ronan avait créée autour d'elle pendant le divorce que tout cela arrivait. Mais elle préféra une réponse plus standard :

— C'est dans les gênes…

Ronan éclata de rire.

— Tu essaies de me dire que tu n'es pas belle ?

— Je ne suis pas du genre à pratiquer la fausse modestie.

Trop de gens lui avaient dit qu'elle était belle,

dans sa vie, à commencer par ses grands-parents, si honnêtes, pour qu'elle ose prétendre le contraire.

— En effet, ce serait mentir, répondit Ronan.

— Et je ne mens jamais, lâcha-t-elle avec un clin d'œil entendu.

Il ne la contredit pas, préférant reprendre la bouteille de vin et lui demander :

— Tire-bouchon ?

Puis, d'un air malicieux, il ajouta :

— Qu'on se mette dans l'ambiance…

Muriel passa sous l'arche qui ouvrait sur sa petite cuisine et récupéra son tire-bouchon, rangé dans un tiroir blanc, sous le plan de travail. De retour dans le salon, elle le tendit à Ronan avant de sortir d'un placard deux assiettes et des couverts. Cette fois, elle avait bien l'intention de manger et de boire avant de se « mettre dans l'ambiance ».

Quoi qu'il en soit, la nature du dessert ne faisait aucun doute…

6

Regarder Muriel manger était une vraie torture…

Elle fermait les yeux à chaque bouchée pour la savourer, lâchant par moments de petits gémissements de plaisir. Après avoir avalé, elle se léchait les lèvres, comme si elle cherchait instinctivement à ne laisser échapper aucune miette, aucune goutte de sauce. Puis, lentement, elle levait sa fourchette de nouveau, entrouvrait ses lèvres et recommençait ce rituel décadent.

Ronan n'avait encore jamais eu d'érection en voyant une femme manger. Mais, ce soir, il sentit son sexe s'éveiller sous la table à tel point qu'il fut incapable de profiter de son propre repas. Il mâchait, avalait, buvait son vin sans remarquer la moindre saveur.

Muriel le distrayait trop. Elle était trop… irrésistible.

Tout son corps se crispait, et son sexe était traversé de palpitations incontrôlables tant il avait hâte de s'enfouir de nouveau en elle. Très vite, il se rendit compte qu'il n'avait plus faim du tout. Il repoussa son assiette et but une nouvelle gorgée de vin.

Puis il murmura :

— Je suis surpris que tu m'aies laissé entrer.

Elle leva les yeux sur lui d'un air étonné, comme si elle avait complètement oublié sa présence. D'ailleurs, elle avait été si concentrée sur son repas que c'était fort possible…

Ronan sentit son ego encaisser le coup. Jamais personne n'avait oublié qu'il était là — jusqu'à présent.

— Je suis surprise aussi, rassure-toi, répondit-elle. Mais j'avais faim.

— Dans ce cas, je suis heureux d'avoir pensé au repas.

— Merci.

Puis elle jeta un coup d'œil à son assiette encore à moitié remplie.

— Tu n'as pas beaucoup mangé.

— Je n'avais pas faim…

Pas faim de pâtes, en tout cas. De toute manière, il avait l'estomac trop noué pour avaler quoi que ce soit. Mais elle…

Oh oui, il avait faim d'elle ! Il voulait savourer de nouveau ce qu'il avait à peine goûté dans l'ascenseur. Il voulait savoir si elle était vraiment aussi douce qu'il l'avait cru la première fois, aussi addictive.

Non qu'il ait l'habitude de devenir accro à qui que ce soit. Il savait trop bien à quel point cela pouvait être dangereux et il n'était pas prêt à faire une telle erreur — pas même pour les yeux de la « plus belle femme du monde ».

— Pourquoi es-tu venu ? lui demanda-t-elle après un court silence.

Ronan ouvrit la bouche et faillit avouer la vérité tant il se sentait à l'aise avec la réalité crue. Mais s'il lui disait réellement ce qu'il avait l'intention de faire — la séduire pour qu'elle retire sa plainte —, elle le chasserait très probablement de chez elle. Il ne pouvait pas dire la vérité. En tout cas, pas toute la vérité.

— Je suis venu parce que je n'arrête pas de penser à toi depuis l'autre soir, dans l'ascenseur.

— C'était effrayant, hein ?

Oui, c'était effrayant. Il ne pensait pas avoir déjà désiré une femme autant qu'il désirait Muriel. Et pourtant, à présent, il la voulait encore plus ; surtout après l'avoir vue manger. Il voulait la voir assouvir son appétit encore une fois…

Sur lui.

— J'étais persuadée qu'on allait s'écraser en bas, ajouta-t-elle.

Ronan comprit soudain qu'elle pensait à la panne, et pas à ce qu'ils avaient partagé en quittant le studio photo. Cet « incident » d'une autre sorte qui le hantait l'empêchait de dormir et de se concentrer sur son travail depuis une semaine.

Était-ce vraiment arrivé ?

Ou avait-il rêvé tout éveillé ?

— Ça ne serait pas arrivé si tu n'avais pas joué avec tous les boutons, lui rappela-t-il.

Les yeux verts de Muriel brillèrent tandis qu'elle le dévisageait avec application.

— J'aime tester les limites du contrôle.

Comprenant soudain qu'elle se moquait de lui, Ronan sourit et décida d'entrer dans son jeu.

— Le tien ou le mien ?

— Les deux, répondit-elle tranquillement. Mais j'ai échoué, dans l'ascenseur.

— C'est pour cela que tu n'as pas réussi à me regarder, après ?

Ce détail l'avait beaucoup troublé. Était-il si repoussant à ses yeux ? Avait-elle honte d'avoir fait l'amour avec lui ? Ou avait-elle été gênée d'avoir fait cela dans un ascenseur ?

Elle soupira.

— Je n'arrive pas à croire qu'on n'ait pas pensé plus tôt qu'il pouvait y avoir une caméra, dit-elle avant de lui lancer un regard soupçonneux. À moins que tu y aies pensé et que tu t'en sois moqué ?

Il secoua la tête.

— Honnêtement, je ne pensais pas à grand-chose sur le moment.

Il était trop aveuglé par sa splendeur presque irréelle.

Elle le regarda encore un instant, comme si elle cherchait à savoir si elle pouvait le croire ou non.

— C'est toi qui es célèbre, Muriel, ajouta-t-il. Dans ton cas, j'imagine qu'on assume le fait qu'il puisse y avoir des caméras partout où on va…

— Je ne sais pas si on peut dire que je suis célèbre quand c'est un scandale sordide qui m'a propulsée à la une des tabloïdes, répliqua-t-elle. Mais j'imagine que je vais devoir m'habituer aux caméras, en effet.

Clairement, elle le blâmait encore…

Quand il était arrivé, il avait vu quelques paparazzis à l'affût devant son immeuble et il avait simplement pensé qu'elle était au courant. Sans doute était-ce pour cela qu'elle avait préféré passer son vendredi soir chez elle. Bien sûr, il était encore tôt. Peut-être avait-elle prévu de sortir plus tard, après la tombée de la nuit.

— Oui, tu devrais t'y faire, répondit-il. Je pense que tu vas avoir droit à un peu plus que ton quart d'heure de gloire.

À force de faire des recherches sur elle, il s'était aperçu qu'elle était bien plus qu'un corps parfait ou un beau visage. Elle était intelligente. Et forte.

Muriel haussa de nouveau les épaules.

— Bientôt, un nouveau scandale éclatera, et les médias m'oublieront.

— Je ne crois pas, répondit Ronan, sûr de lui.

Le dévisageant toujours, elle soupira.

— Pas si je continue à être vue avec toi, c'est certain, admit-elle.

— Tu penses que je vais t'entraîner dans un nouveau scandale ?

— Passer du temps avec toi en est déjà un, murmura-t-elle. Tu es l'avocat de mon ex, l'homme qui a détruit ma vie.

Ronan s'adossa au fond de son siège. En se penchant un peu plus, il passa la tête sous l'arche qui menait au salon. L'appartement de Muriel était petit. À cause de lui, elle avait perdu son loft dans le divorce. Il tendit un bras, ramassa le magazine qu'il avait aperçu sur l'un des guéridons et examina le portrait de Muriel sur la couverture.

— Tu ne parais pas si mal en point, vue comme ça.

Ses récents succès lui auraient sans doute permis de racheter un appartement plus grand que celui qu'elle avait perdu.

— Je suis solide.

— Oui, tu l'es.

Et il savait de quoi il parlait. Il avait survécu à beaucoup d'épreuves au long de sa vie. Il se savait même capable de survivre à cela, à ce qui se passait entre Muriel et lui — quel qu'en soit le nom.

Un défi. Les gars l'avaient mis au défi de la pousser à retirer sa plainte, et il allait y arriver. Il vida le reste de la bouteille de vin dans le verre de Muriel.

— Tu essaies de me soûler ? demanda-t-elle d'un ton soupçonneux.

— Il te suffit d'une bouteille pour ça ?

Il leva son propre verre et ajouta, malicieux :

— Une bouteille qu'on a partagée, en plus.

— Tu me crois si fragile que ça ? reprit-elle, les yeux brillants.

— Oh non, je suis sûr que je serais soûl avant toi si on faisait un concours…

— Essayons, on verra bien, proposa-t-elle.

— Qui est-ce qui veut faire boire l'autre, maintenant ?

Se soûler était bien la dernière chose que Ronan voulait, ce soir. Il avait déjà bien assez de mal à se maîtriser face à Muriel quand il était sobre. Bien décidé à garder les idées claires, il repoussa son verre de vin.

Et Muriel ne se priva pas pour se moquer de lui.

Ronan rit avec elle. Décidément, cette femme était pleine de surprises. D'ailleurs, il n'en revenait toujours pas qu'elle l'ait laissé entrer chez elle. Était-il possible qu'elle ressente la même attirance que lui ?

— J'ai un peu peur, admit-il en plaisantant à moitié. Peur de toi.

Elle lui lança un grand sourire triomphant.

— Ne me dis pas que tu t'es mis à croire à ta propre campagne de diffamation ! Tu penses vraiment que je suis une croqueuse d'hommes ?

— Oui.

— J'ai encore faim, murmura-t-elle d'une voix suggestive.

Néanmoins, elle repoussa son assiette. Puis, sans laisser à Ronan le temps de réagir, elle repoussa également sa chaise et, au lieu de se lever, s'agenouilla pour se glisser sous la table.

Il sentit très vite ses mains chaudes sur ses cuisses. Ses paumes remontèrent lentement, jusqu'à atteindre sa braguette. Il repoussa sa chaise mais fut incapable de se lever tant ses jambes se mettaient à trembler.

Son sexe frémit aussi, palpitant d'un désir irrépressible.

— Qu'est-ce que tu fais ? demanda-t-il d'une voix inhabituellement rauque.

— Je teste les limites du contrôle…

Il n'eut pas besoin de lui demander de quel contrôle elle parlait, cette fois. Il le savait très bien. Le sien. Et il était en mauvaise posture — très mauvaise !

Jamais il ne pourrait se contrôler tant qu'elle le toucherait comme ça. Tout comme il était incapable de la repousser. Elle défit sa ceinture et ouvrit sa braguette avant de libérer son sexe de son boxer de soie. Déjà tout gonflé de désir, il bondit presque dans sa main, et elle lâcha un petit rire ravi.

— Il est pressé, on dirait, minauda-t-elle.

Ronan avait envie de cela, il avait imaginé cette scène et l'avait attendue avec d'impatience… Ce moment où les lèvres brûlantes de Muriel se refermeraient sur son sexe…

Elle prit son temps. Tout d'abord, elle fit de lents va-et-vient avec sa main, sans s'arrêter, jusqu'à le rendre fou. Puis elle se pencha et effleura la peau sensible de son gland du bout de la langue.

Ronan crut qu'il allait perdre la tête tant l'attente était insoutenable. Un gémissement sourd lui échappa au moment où il s'abandonnait contre le dossier de sa chaise. Il sentit sa nuque s'alourdir et son estomac se nouer. À chaque respiration, son corps se crispait davantage. Puis la langue de Muriel glissa le long de son sexe et descendit jusqu'à ses testicules.

Il gémit de nouveau et souffla :

— Qu'est-ce que tu me fais ?

C'était presque de la torture — et il fallait admettre qu'il l'avait bien mérité. Il avait tellement envie d'elle, tellement envie qu'elle le gobe d'une traite, qu'il était capable de faire tout ce qu'elle lui demanderait…

Ce n'était pourtant pas comme ça que les choses devaient se passer. Il était censé la séduire — pas l'inverse. Et pourtant, il était là, prêt à se soumettre aux moindres désirs de cette femme.

C'était sa chance ! Muriel le savait. Le grand corps musclé de Ronan tremblait de désir et de frustration. Il était sur le point de perdre le contrôle.

Si elle s'écartait de lui maintenant…

Si elle s'arrêtait…

Elle pourrait peut-être le pousser à la supplier ; lui accorder ses faveurs en échange de la vérité. Mais serait-elle vraiment capable de croire ce qu'il lui raconterait ?

En cet instant, elle ne se souciait d'ailleurs plus vraiment de la vérité. Elle ne pensait qu'à la chaleur et à la passion qui parcouraient son corps. Elle avait envie de cet homme. Elle voulait savourer son sexe et sa jouissance. Elle voulait le rendre fou comme il l'avait rendue folle dans l'ascenseur, la semaine précédente.

Elle referma donc les lèvres autour de son sexe

brûlant et le suça avec délice. Ronan se cambra sur sa chaise. Soudain, il lui attrapa les cheveux, fermement mais sans tirer. Il ne la repoussait pas. Au contraire, il la maintenait contre lui.

Il avait besoin de jouir, de soulager cette tension que Muriel sentait dans tout son corps. Il tremblait si fort sous ses mains que son sexe devenait presque vivant. Il palpitait au rythme infernal du sang qui battait sous la peau. Elle était si excitée, si heureuse de pouvoir simplement lui donner du plaisir… Son cœur se mit à battre plus vite à son tour. Sa chair s'enflammait entre ses cuisses et ses tétons se frottaient douloureusement à la dentelle de son soutien-gorge, sous son débardeur.

Elle gémit et suça encore plus vite, encore plus fort. Elle jouait presque à cache-cache, laissant courir ses lèvres le long de ce sexe dressé pour elle, faisant peu à peu perdre à Ronan tout son contrôle.

Ses doigts agrippèrent ses cheveux plus fort mais elle n'eut pas mal — au contraire, elle sentit son excitation monter de plus belle. À force de le provoquer, elle s'échauffait toute seule. Jamais encore elle n'avait autant désiré un homme. Il était si sensuel — et si bien membré.

Elle caressa son sexe de la main, de haut en bas.

Et, finalement, Ronan s'abandonna à l'orgasme en criant son nom, le corps parcouru de violents tremblements. Muriel avala comme elle avait avalé le vin, savourant chaque goutte. Il avait un goût si riche, si complexe — aussi complexe que son caractère.

La tête rejetée en arrière, le corps soudain alangui, Ronan prit quelques profondes inspirations tandis qu'elle se relevait, à côté de la table. Puis, très vite, il l'attrapa par la taille. Il la souleva de terre et tourna sur lui-même pour examiner l'appartement.

— C'est un studio ? demanda-t-il en cherchant sans doute le lit.

Elle lui indiqua une porte.

— Il y a une chambre…

C'était une petite chambre. Le lit occupait presque tout l'espace, ce qui était assez agréable. Ronan entra et la posa immédiatement sur le matelas recouvert de coussins blancs en fausse fourrure et de draps de soie immaculés. Elle avait acheté tout cela pour avoir l'impression de se coucher dans un nuage tous les soirs.

Ronan recula d'un pas. L'espace d'un instant, Muriel eut peur qu'il la laisse seule. Après tout, il avait eu son orgasme et on racontait qu'il ne s'embarrassait pas de sentiments une fois qu'il avait obtenu ce qu'il voulait… Mais on disait aussi qu'il n'était pas égoïste en ce qui concernait le sexe.

Finalement, il se débarrassa de son jean et de son boxer, envoya ses chaussures dans un coin de la pièce et enleva son T-shirt. Ses abdominaux bien dessinés et son torse musclé se gonflaient à chaque mouvement.

Un petit soupir de satisfaction échappa à Muriel.

— Tu pourrais être mannequin, tu sais, dit-elle à mi-voix.

Il était plus beau que jamais, nu devant elle.

Il rit, comme si elle venait de lui raconter une bonne blague. Mais Muriel ne plaisantait pas.

— Je suis sérieuse, insista-t-elle.

— J'ai assisté à ton shooting, lui rappela-t-il.

Comme si elle risquait d'oublier ce regard de braise qui l'avait dévisagée pendant qu'elle se laissait photographier…

— Je serais incapable de poser pendant si longtemps ou de supporter la chaleur des projecteurs. Et je ne crois pas que je pourrais suivre les ordres d'un photographe.

— J'imagine, admit-elle.

Le mannequinat était un travail bien plus fatigant que ce que tout le monde imaginait ; et Muriel fut heureuse que Ronan en ait conscience, qu'il respecte son métier. Un respect dont elle se moquait éperdument, bien sûr, se rappela-t-elle. Surtout après la cruauté dont il avait fait preuve au tribunal.

Cependant, elle avait envie de lui. Elle avait envie de le sentir en elle, comme dans l'ascenseur. Déjà, il retrouvait ses forces et son sexe se gonflait, se redressant peu à peu tandis qu'il la regardait.

Allongée sur les coussins, elle se cambra et se tortilla un instant pour se débarrasser de son pantalon de yoga, l'envoyant par terre, sur le petit tas des vêtements de Ronan. Puis elle enleva son débardeur. Elle ne portait plus que ses derniers *Petits Nœuds de Bette.*

C'était un ensemble vert que Bette avait dessiné pour l'assortir à ses yeux. Elle lui avait donné le prototype pour la féliciter du titre que lui avait attribué le magazine. Chaque bonnet du soutien-gorge était maintenu par un petit nœud. Muriel dut donc prendre son temps pour défaire ces rubans en tirant lascivement dessus.

— Tu n'as pas porté cet ensemble pendant la séance photo, remarqua Ronan, visiblement subjugué.

— Bette vient de le créer pour célébrer le titre que j'ai reçu.

— C'est tellement mieux que des fleurs…

Il soupira, sans pour autant la quitter des yeux.

Elle défit lentement le laçage complexe en se caressant la poitrine à chaque passage. Avant même qu'elle ait fini d'enlever son soutien-gorge, Ronan avait déjà une seconde érection.

La culotte était conçue de la même manière, avec des nœuds posés sur les hanches. Muriel n'eut même pas le temps de défaire le premier que Ronan la rejoignit sur le lit. Il s'allongea au-dessus d'elle, appuyé sur un coude pour ne pas l'étouffer avec son poids. Puis il se pencha et l'embrassa. Il fut d'abord doux, ce qui arracha à Muriel un hoquet de surprise.

Bien vite, cependant, il s'abandonna à la force de son désir et pressa ses lèvres contre les siennes, glissant sa langue entre ses dents. Il était à la fois passionné et joueur.

Muriel lui mordilla le bout de la langue, heureuse de lui arracher un nouveau gémissement. Ronan commença alors à la caresser, laissant glisser ses paumes sur ses épaules et ses bras avant d'atteindre sa poitrine. Enfin, après quelques secondes d'attente qui se muèrent en torture, il referma les mains sur ses seins. Muriel se cambra pour qu'il la touche encore plus. Il serra doucement, massant sa chair sensible avant de se concentrer sur ses tétons. Il les pinça en douceur, entre le pouce et l'index, jusqu'à faire gémir Muriel de plaisir.

Entre ses cuisses, elle sentit son sexe s'éveiller, humide et chaud, sous les coups furieux du sang qui battait. Elle se tortilla, gigota, incapable de se contrôler. Elle en voulait plus. Elle le voulait, lui. Elle était presque dans le même état que lui un peu plus tôt, et pourtant il l'avait encore à peine touchée.

— Ronan, murmura-t-elle sans se préoccuper du ton suppliant de sa voix.

Néanmoins, elle ne voulait pas avoir l'air de dépendre entièrement de lui, aussi recommença-t-elle à le toucher à son tour. Elle caressa son torse, ses abdominaux, et descendit jusqu'à son sexe qu'elle enferma entre ses doigts.

Mais Ronan ne la laissa pas faire. Il se redressa et redescendit, débordant à moitié du matelas, pour déposer une série de baisers sur ses épaules, sa gorge et, finalement, sa poitrine. Il piégea l'un de ses tétons entre ses lèvres tout en continuant ses caresses.

Muriel se cambra de plus belle, dans un soupir lascif, incontrôlé.

— Tu réagis si bien, murmura Ronan d'une voix un peu rauque. Tu dois être toute mouillée, là-dessous…

Au lieu de perdre son temps à défaire les nœuds, il fit descendre la culotte de Muriel le long de ses jambes et glissa une main entre ses cuisses. Ses doigts se glissèrent facilement en elle, et il eut un sourire de satisfaction.

— Oui, toute mouillée…

Il descendit alors un peu plus et la rendit encore plus humide en donnant de petits coups de langue sur son clitoris. Plus il prenait son temps, plus le désir de Muriel devenait insoutenable. Elle s'agrippait tour à tour au lit, aux cheveux de Ronan ; enfin elle cria son nom quand un orgasme incontrôlé la traversa tout entière.

Tout son corps fut traversé de violents frissons.

Elle planta les ongles dans les épaules de son amant et dans son dos pour l'inciter à remonter.

— J'ai besoin de toi, balbutia-t-elle à bout de souffle. J'ai besoin de te sentir en moi. Maintenant.

Peu lui importait qu'elle ressemble exactement à la femme qu'il avait décrite au tribunal — une accro au sexe, une croqueuse d'hommes. Sur le moment, il était le seul homme qu'elle voulait croquer !

Il gémit une fois de plus mais s'écarta d'elle.

Muriel dut retenir un cri de frustration… jusqu'à ce qu'elle entende le froissement de l'emballage d'un préservatif. En quelques secondes, Ronan était de retour sur le lit, sur elle, en train de se glisser lentement entre ses cuisses. Son sexe était si grand. Elle écarta les jambes et Ronan lui souleva les chevilles pour les poser sur ses épaules. Heureusement, Muriel était souple. Elle appuya ses cuisses contre sa poitrine et ses tétons déjà sensibles. Ronan s'activa, donnant de violents coups de reins, de plus en plus vite. Muriel suivit son rythme fiévreux, se cambrant et s'appuyant contre lui.

Elle était sur le point de…

Sur le point de jouir encore une fois. Mais, avant qu'elle ait pu s'abandonner de nouveau au plaisir, Ronan se retira. Il roula sur le dos, entraînant Muriel dans son mouvement aussi facilement qu'une poupée. Pourtant, bien qu'elle fût mannequin, elle n'avait rien d'un poids plume. Son ex n'avait même pas réussi à la porter pour passer la porte, lors de leur lune de miel. Ronan, lui, n'aurait pas eu ce problème ! Cela dit, pourquoi aurait-il besoin de la porter pour passer la porte de leur chambre ?

Quoi qu'il en soit, il la souleva sans peine et la plaça à quatre pattes devant lui avant de la pénétrer de nouveau. Sa main se glissa sur son sexe et trouva immédiatement son clitoris. Puis elle remonta jusqu'à ses seins qui se balançaient à chaque coup de reins. D'un geste maîtrisé, il s'enfouit de plus en plus profondément en elle.

Muriel, uniquement guidée par ses sensations, frottait ses fesses contre lui, suivant ses mouvements d'instinct, sans réfléchir. Soudain, un second orgasme, plus puissant encore que le premier, explosa en elle, et elle cria de nouveau. En quelques secondes, ses forces l'abandonnèrent et elle s'écroula sur le matelas. Bienheureuse et rassasiée.

Ronan poussa encore une fois un gémissement sauvage avant de se crisper à son tour. Sa main, encore plaquée sur le sein de Muriel, le serra, réveillant son excitation. En dépit du plaisir que Ronan venait de lui donner, elle aurait presque été prête à recommencer. Encore et encore…

Était-elle réellement accro au sexe — avec Ronan Hall, en tout cas ?

7

Les mains de Ronan tremblaient — tout comme le reste de son corps ! Il ferma le poing et tambourina sur la porte. Il y avait une sonnette. Il aurait pu l'utiliser, mais sa main tremblait sans doute trop pour qu'il atteigne le bouton.

Il n'avait pourtant pas eu de problème pour trouver tous les « boutons » de Muriel. Et il en avait joué. Elle n'avait d'ailleurs pas été en reste : ils s'étaient tous les deux rendus fous. Peut-être était-ce pour cela qu'il était devant cette porte, à présent…

Il était fou. Comment expliquer, sinon, qu'il ait quitté la « plus belle femme du monde », allongée nue sur son lit ? Mais il avait eu cette sensation… Celle qui l'envahissait souvent quand il était petit et qu'il ne supportait plus les disputes de ses parents… Celle qui l'avait poussé à fuguer.

Il avait éprouvé cette sensation de nouveau et fait comme autrefois : il avait fui.

Il n'était pas allé loin, néanmoins. Il avait simplement grimpé quelques étages pour frapper à la porte d'un autre appartement, situé dans le même immeuble. Il leva le poing de nouveau. Au même moment, la porte finit par s'ouvrir. L'espace d'un instant, il fut surpris par le visage qui lui fit face. Un visage familier, mais qui n'était pas celui qu'il s'attendait à voir. Il aurait dû se douter que Simon serait avec Bette Monroe si elle était chez elle ! Son ami devait passer tout son temps libre avec son ancienne assistante. Simon était torse nu et sa chevelure blonde était tout emmêlée. Ronan devina sans peine ce qu'il était en train de faire.

Exactement ce qu'il avait fait avec Muriel, quelques heures plus tôt…

Simon parut choqué de le voir et le dévisagea de ses yeux bleus un peu confus.

— Qu'est-ce que tu fiches là ? Tu t'es perdu ?

Ronan se sentait un peu perdu, en effet — comme autrefois, quand il avait quitté la maison de ses parents —, mais il secoua néanmoins la tête.

Finalement, son ami ouvrit la porte et le laissa entrer chez Bette avant de le guider le long du petit couloir jusqu'au grand salon. L'appartement était plus grand que celui de Muriel, et plus chaleureux, avec son parquet de bois brut ciré et ses plinthes foncées. Les créateurs de mode gagnaient-ils donc plus d'argent que les mannequins ?

À moins que Muriel n'ait pas pu s'offrir mieux après avoir payé les indemnités que Ronan avait négociées au nom de son ex…

Une pointe de culpabilité le traversa. Quoi qu'il en soit, cela n'avait plus d'importance : les récents succès de Muriel avaient dû lui permettre de reprendre le dessus.

Le dessus…

Pourquoi n'avait-il pas essayé cette position avec elle ? Non, ça n'aurait pas été une bonne idée. Si elle avait été au-dessus de lui, elle aurait contrôlé chaque mouvement et lui aurait encore plus fait perdre la tête. Quand elle s'était agenouillée, sous la table, il avait failli s'évanouir, tant le plaisir avait été intense.

Arrivé dans le salon, Simon se tourna vers lui :

— Qu'est-ce que tu fais ici ? Je croyais que tu devais séduire Muriel pour lui faire avouer la vérité, ce soir.

— Quoi ?

Bette apparut dans l'embrasure d'une porte. Elle finissait de nouer la ceinture d'une robe de chambre en soie — et Ronan la soupçonna de ne rien porter dessous.

— Mais c'est horrible ! s'écria-t-elle.

Ronan fut tenté de lui rappeler que c'était exactement ce que Simon lui avait fait, mais il se retint. Il avait déjà causé suffisamment de problèmes entre eux comme ça.

Apparemment, Bette ne l'avait pas oublié et elle frappa Simon sur l'épaule.

— C'était déjà une mauvaise idée de me faire ce coup-là ! Ça ne vous a pas servi de leçon ?

— C'était une mauvaise idée ? demanda Simon en lui jetant un petit regard complice.

Elle poussa un soupir sensuel, et son visage s'illumina d'un sourire coquin.

— Très mauvaise…

Simon s'approcha de sa petite amie pour la prendre dans ses bras. Sa main glissa sur la hanche fine de Bette et son regard s'égara dans son décolleté mal dissimulé par sa robe de chambre.

Ronan claqua des doigts.

— Hé ! Je suis encore là !

En général, les plans à trois ne le dérangeaient pas — mais avec deux femmes. Sinon, il n'aimait pas partager. Quelque chose lui disait qu'avec Muriel ce ne serait pas possible non plus : cette femme-là, il ne pourrait pas la partager.

Cependant, s'il s'en tenait à sa réputation, il n'était certainement pas son seul amant. En plus, son appartement était rempli de fleurs et seules les personnes qu'elle connaissait bien devaient avoir son adresse. D'après son ex, elle n'avait jamais su se satisfaire d'un seul homme. Mais, d'un autre côté, son ex n'était pas Ronan !

Lui était capable de la satisfaire. Du moins, il en avait l'impression.

— Pourquoi tu es venu ici ? demanda soudain Bette, le tirant de sa rêverie.

De toute évidence, elle n'était pas enchantée de le voir — et il comprenait aisément pourquoi. Après tout, il n'avait pas été très gentil avec elle pendant sa soirée d'adieux, au bureau.

Allait-elle lui pardonner un jour ? Si Bette en était incapable, alors Muriel n'excuserait jamais ses écarts, elle non plus… Quels écarts ? Qu'avait-il fait de si mal, en fin de compte ?

Il n'avait fait que son travail. Non, Ronan n'était pas en tort dans cette histoire. C'était Muriel. N'est-ce pas ?

— Je suis venu te poser quelques questions au sujet de Muriel, répondit-il finalement.

— Bette t'a déjà dit qu'elle n'avait rien à voir avec les documents qui ont été confiés au barreau, intervint Simon d'une voix soudain aussi froide et peu accueillante que celle de sa petite amie.

— Muriel assure que quelqu'un lui a donné ces documents, répliqua Ronan.

Et que c'était bien elle qui les avait communiqués au barreau. Mais pourquoi ? Si elle avait vraiment fait tout ce que prétendaient les témoins, pourquoi être si contrariée par leurs déclarations ? Et pourquoi répéter obstinément qu'ils avaient menti ?

Le sang de Ronan se glaça à l'idée que tous ces gens avaient pu commettre un parjure. Non, c'était impossible ! Il ne pouvait pas avoir eu tort à ce point.

— Et je ne sais pas qui les lui a donnés, répondit froidement Bette. Même Muriel n'en sait rien.

— Tu la connais vraiment bien ?

Bette dévisagea Ronan et répondit sèchement, sur la défensive :

— Très bien.

Ronan n'avait pas envie de la contrarier, surtout devant Simon. Mais il fallait qu'il pose la question.

— Comment l'as-tu rencontrée ?

— Qu'est-ce que tu veux dire ? lança Simon, accourant au secours de sa compagne. Qu'est-ce que tu essaies de dire, Ronan ?

Ronan soupira, sentant son sang-froid l'abandonner.

— Je ne comprends pas leur amitié, c'est tout.

Bette dut saisir ce qu'il voulait dire, car elle expliqua à Simon :

— Il ne comprend pas que nous puissions être amies, Muriel et moi, car elle est belle et célèbre alors que moi, non.

Ronan vit une ombre passer dans ses yeux et sa gorge se noua. Ce n'était pas exactement ce qu'il avait voulu dire, mais c'était une bonne raison pour douter de la sincérité de leur amitié. Ces deux femmes ne semblaient pas avoir grand-chose en commun…

Simon serra un peu plus fort Bette dans ses bras.

— Tu es belle et célèbre aussi, ma chérie, murmura-t-il.

Elle rit, sans la moindre amertume ni la moindre colère.

— Pas comme Muriel ! C'est la « plus belle femme du monde », maintenant, tu sais…

Sa voix ne trahissait pas la moindre jalousie.

Certes, Muriel l'était. Mais si Ronan était d'accord avec ça, Simon, lui, ne paraissait pas convaincu. Sans lui laisser le temps de protester, Ronan lança :

— Ce n'est pas ce que je voulais dire, Bette. Tu es gentille, généreuse, honnête, et…

En tout cas, il l'espérait, pour le bien de Simon.

— … et Muriel Sanz n'est rien de tout ça.

Bette éclata de rire une seconde fois.

— Oh si ! Et c'est bien pour ça que nous sommes amies. Je n'ai jamais rencontré quelqu'un d'aussi franc et honnête que Muriel.

Ronan secoua la tête : ce n'était pas possible. Ça ne pouvait pas être vrai.

— Mais… Ce n'est pas ce qu'ont prétendu ces témoins, protesta-t-il.

— Ils ont menti, répliqua Bette, comme si c'était la chose la plus évidente au monde.

Ronan fut incapable de réprimer un gloussement de dérision.

— Vraiment ? Ils ont tous menti ?

— Pourquoi est-ce si facile pour toi de croire que Muriel est la menteuse dans cette histoire ? demanda Bette. Parce que c'est une femme ? Parce qu'elle est belle ?

Ronan regarda Bette tandis que le doute l'assaillait. Que savait-elle de sa vie ? De son passé ? Soupçonneux, il se tourna vers Simon, mais celui-ci se contenta de hausser les épaules.

— Bette a du flair, dit-il.

— Et je suis un bon juge de la nature humaine, ajouta Bette. J'ai confiance en Muriel. Je suis convaincue qu'elle dit la vérité.

Ronan refusait d'y croire. Parce que, si Muriel disait la vérité, alors elle avait de bonnes raisons de le haïr. Même lui se serait détesté dans cette situation…

Il secoua de nouveau la tête. Il était hors de

question qu'il accepte cela. Tous ces gens ne pouvaient pas avoir menti à la barre. Non. C'était Muriel qui avait menti, qui essayait de le manipuler — elle avait peut-être même plus de talent pour cela que la mère de Ronan elle-même, ce qui n'était pas peu dire ! Il allait devoir être prudent et se protéger avant de prendre trop de risques.

Hélas, il avait vaguement l'impression qu'il était déjà trop tard pour cela. Décidément, il avait eu raison de partir sans la réveiller ! D'ailleurs, il aurait sans doute dû fuir plus loin et plus vite. À présent, comment allait-il réussir à remonter dans cet ascenseur sans s'arrêter chez elle, sans aller se nicher une fois de plus dans le paradis de ses bras ?

Pour la première fois de sa vie, Ronan commençait à comprendre son père. Il commençait à comprendre qu'une femme puisse devenir une addiction.

Comment se soigner de cette faiblesse fatale ?

Allait-il devoir perdre son droit d'exercer avant d'arriver à se séparer de Muriel ?

Est-ce que cela suffirait à étouffer son désir pour elle ?

La sonnette résonna dans l'appartement et, bien qu'elle eût attendu ce bruit avec impatience, Muriel sursauta. Elle s'était assoupie dans son canapé… Elle ouvrit péniblement les yeux, aveuglée par le soleil qui déversait sa lumière à travers les hautes fenêtres.

Après ce que Ronan et elle avaient fait dans la

chambre, elle avait été incapable d'y retourner, de s'allonger de nouveau dans ces draps froissés qui sentaient encore le sexe et le parfum d'homme. Elle n'aurait pas pu y dormir, de toute façon, hantée par son désir inassouvi — un désir qui avait dû être satisfait chez Ronan, vu qu'il était parti comme un voleur pendant la nuit…

Était-il en retard pour un rendez-vous avec une autre femme ? Bien qu'on ne pût qualifier leur souper improvisé de rendez-vous à proprement parler. Ronan n'avait pas demandé à Muriel de sortir avec lui ; il s'était contenté de monter chez elle avec du vin et des plats à emporter. Et, aussi gênant que ce soit de l'admettre, il l'avait trouvée seule chez elle, sans personne avec qui faire la fête. C'était pourtant un vendredi soir, ce qui voulait dire que Ronan, lui, avait forcément des projets. Pas étonnant qu'il soit parti aussi vite !

Néanmoins, Muriel était certaine qu'il allait revenir, qu'il avait été aussi affecté qu'elle par leur attirance mutuelle. Hélas, il n'était pas revenu.

À moins que ce soit lui qui se trouvait à la porte, appuyant désespérément sur le bouton de la sonnette. Lui avait-il apporté un petit déjeuner ?

L'idée de manger fit gargouiller l'estomac de Muriel. Finalement décidée, elle se laissa glisser du canapé, se leva, et courut vers la porte d'entrée. Elle l'ouvrit à la volée et ne put réprimer une soudaine déception en voyant sa meilleure amie sur le seuil.

Ignorant sa réaction stupide, elle gratifia Bette

de son plus grand sourire. La jolie petite brune portait deux mugs de café en carton et un grand sac dont se dégageait un parfum gourmand. Muriel s'effaça pour la laisser entrer, mais elle resta sur le palier.

— Est-ce qu'il est là ? demanda-t-elle.

Muriel fut traversée par une culpabilité désagréable. Elle n'avait pas avoué à Bette qu'elle avait croisé Ronan — plusieurs fois — ces derniers temps. Bette l'aurait sans doute prise pour une folle si elle lui avait dit la vérité sur ces rencontres. Toute la vérité.

Muriel avait enfilé un legging et un sweat-shirt après le départ de Ronan, mais cela ne l'empêcha pas de frissonner.

— De qui parles-tu ? dit-elle dans l'espoir de gagner un peu de temps.

Bette pensait-elle que Muriel sortait avec un autre homme ? Peut-être qu'un nouveau magazine avait décidé de répandre des mensonges à son sujet… Non, ce n'était pas ça : Bette connaissait assez bien Muriel pour ne pas croire ce qu'elle lisait dans la presse.

— Ronan Hall, lâcha froidement Bette.

Muriel sentit ses joues s'empourprer.

— Il joue avec toi, ajouta son amie. Il essaie de te séduire pour que tu retires ta plainte auprès du barreau.

Le cœur de Muriel se serra. Pourtant, cette révélation ne lui faisait aucun effet…

D'ailleurs, dès le début, elle avait soupçonné

Ronan de manigancer quelque chose, de l'avoir suivie dans l'ascenseur et de l'avoir traquée jusqu'à sa séance photo pour une raison bien particulière.

Elle prit une tasse sur le plateau en carton que tenait Bette.

— Laisse-moi au moins boire un peu de café avant qu'on se lance dans cette conversation.

Elle était épuisée — et pas uniquement à cause du marathon de sexe que Ronan et elle avaient fait la veille. Elle était épuisée parce qu'elle n'avait pas réussi à fermer l'œil après son départ.

Elle le désirait encore. Ici. Maintenant.

Bette lui tendit le sac.

— J'ai pris des doughnuts aussi.

— Je t'adore, tu sais !

Muriel fit entrer Bette et ferma immédiatement la porte derrière elle.

— Tu adores les gens trop facilement, répondit Bette.

Elle avait touché juste, et Muriel ne put s'empêcher de se défendre :

— Je ne suis pas amoureuse de Ronan.

— J'espère bien…

— Je le déteste, je te le rappelle.

— Dans ce cas, pourquoi lui parles-tu ? demanda Bette. Et pourquoi couches-tu avec lui ?

Muriel réprima un juron. Elle avait été stupide de croire que Ronan se tairait. Un homme aussi égocentrique que lui ne pouvait s'empêcher de se vanter de ses conquêtes auprès de ses amis, évidemment ! Et Bette sortait justement avec un de ses amis. D'ailleurs, Simon Kramer ne valait pas mieux que Ronan. Tous les associés du cabinet Street Legal étaient réputés pour leur manque d'humanité, tant à la barre qu'au lit.

— Je pourrais te dire la même chose au sujet de Simon, lui signala Muriel.

— Tu aurais pu, oui, admit Bette. Au début. Mais je suis amoureuse de lui maintenant, et il m'aime aussi.

Muriel ne doutait absolument pas des sentiments de son amie pour son ancien patron, tout comme elle voyait bien que Simon paraissait prêt à s'impliquer dans leur relation. En tout cas, il passait beaucoup de temps chez elle.

— Ça n'arrivera pas pour Ronan et moi, répondit Muriel. Il est parti juste après qu'on a fait l'amour.

— Je sais, avoua Bette. Dis-moi, dans ce cas, qu'est-ce que tu fais avec lui ?

— On ne sort pas ensemble ! marmonna Muriel en repensant à tout ce qu'ils s'étaient fait et tout ce qu'elle voulait lui faire, encore. Je me sers de lui, moi aussi.

Bette la dévisagea un instant sans même chercher à cacher son scepticisme.

— Comment ça ?

— Je veux le pousser à admettre la vérité, répondit Muriel. Je veux qu'il avoue avoir soudoyé tous ces témoins pendant le procès.

Bette détourna le regard, et Muriel sentit son cœur se serrer. Son amie avait-elle des doutes ?

N'était-elle plus convaincue que les témoins avaient menti ?

— Tu ne penses quand même pas que j'ai pu faire toutes ces choses ? demanda Muriel, à mi-voix.

— Non ! répondit vivement Bette. Jamais de la vie ! Mais je ne suis pas certaine que ce soit Ronan qui les ait poussés à mentir à ton sujet…

Elle posa le sac sur la table, et Muriel fouilla dedans à la recherche d'un doughnut fourré à la crème anglaise — ses préférés. Avant de mordre dedans, elle demanda néanmoins :

— Mais, alors, pourquoi ces gens ont-ils fait une chose pareille ?

Bette haussa les épaules.

— Qu'est-ce qui pousse tout le monde à agir, de nos jours ?

— L'argent, répliqua Muriel. Ou le succès.

— Exactement.

Les gens qui avaient témoigné contre elle avaient eu les deux. Les interviews qu'ils avaient accordées après le procès leur avaient apporté leur quart d'heure de gloire, et les médias qui s'étaient emparés de leurs témoignages les avaient sans doute grassement payés.

Était-il possible que Ronan n'ait pas soudoyé ces gens pour qu'ils se parjurent ?

— Mais les notes à l'en-tête du cabinet ? demanda Muriel, troublée.

Bette soupira.

— Je pense que ce sont des faux.

— Tu crois Ronan, maintenant ?

— Non, je pense juste qu'il est trop malin pour coucher par écrit quoi que ce soit d'incriminant.

Elle avait raison. Ronan était intelligent. Si jamais il avait fait quelque chose d'illégal, il n'aurait pas pris le risque de laisser des preuves et n'aurait certainement rien écrit. Avait-il dit la vérité en avançant que les documents qu'on lui avait envoyés étaient faux ?

Muriel lâcha un juron. Jamais elle n'aurait déposé de plainte auprès du barreau si elle avait eu le moindre doute quant à leur authenticité…

— Si ce sont des faux, pourquoi me les aurait-on fait parvenir ?

Bette baissa la voix :

— Quelqu'un essaie de couler Street Legal. Des notes confidentielles concernant un autre procès ont été envoyées aux avocats adverses…

— De vraies notes ? demanda Muriel.

Son amie acquiesça.

— Oui, mais ça ne veut pas dire que les documents qu'on t'a donnés le sont, eux aussi. Sincèrement, je ne pense pas que Ronan aurait pu se montrer aussi négligent.

Elle ravala sa salive, visiblement embarrassée, avant d'oser avouer :

— Et je ne pense pas non plus qu'il aurait pris le risque de soudoyer des témoins.

— Pas même pour gagner ?

Pourtant, Ronan Hall n'était intéressé que par la victoire et il l'admettait sans le moindre problème lors de chaque interview qu'il accordait.

— Il refuse les affaires qu'il risque de perdre, répondit Bette. Il est possible qu'il ait dit la vérité aussi, après tout.

Sans preuves, Muriel ne pouvait être sûre de rien. Et, tant qu'elle ne serait pas certaine, elle ne retirerait pas sa plainte — quoi que Ronan fasse pour la séduire. D'ailleurs, s'il avait réellement voulu qu'elle retire sa plainte, pourquoi ne lui en avait-il pas parlé ?

Il ne lui avait rien demandé pendant qu'ils faisaient l'amour. Ni après. Il s'était simplement habillé et avait quitté son appartement sans un mot, comme s'il était en retard pour une soirée entre amis.

Ou pour un rendez-vous galant…

Soudain, une étrange amertume l'envahit, en dépit de la douceur sucrée de la crème anglaise et du sucre glace. Ce n'était pas de la jalousie ; plutôt du dégoût. Une vague de colère la submergea.

— Même s'il ne savait pas que ces gens mentaient, il m'a traitée comme une moins que rien pendant tout le procès ! s'écria-t-elle. Il m'a traînée dans la boue, et je ne le lui pardonnerai jamais !

— Tant mieux, acquiesça Bette. Je ne veux pas que tu tombes une nouvelle fois amoureuse d'un homme qui ne te mérite pas et qui te brisera le cœur.

— Ça n'arrivera pas, lui assura Muriel.

Pourtant, elle ne put réprimer un malaise, un écœurement soudain qui n'avait rien à voir avec son doughnut qu'elle picorait du bout des dents. Pour la première fois, elle avait peur.

Non. Elle ne tomberait pas amoureuse de Ronan. Même s'ils partageaient des choses extraordinaires au lit. Ronan n'était pas un homme bien, mais il fallait bien admettre qu'elle n'avait jamais connu un amant pareil…

Peut-être allait-elle se contenter de coucher avec lui jusqu'à être parfaitement satisfaite, puis elle se lasserait de lui.

8

Le soleil illuminait les baies vitrées, dans le bureau de Ronan. Les locaux de Street Legal occupaient le dernier étage d'un immeuble de Midtown. L'open space ressemblait à un loft aux plafonds ouverts sur la charpente métallique et les tuyaux à découvert. L'architecte avait laissé les murs extérieurs de brique à nu et s'était contenté de poncer grossièrement le parquet de bois pour lui donner un aspect plus brut.

Ronan était installé à son bureau dont le plateau surélevé lui permettait de se passer de chaise. Il n'aimait pas rester assis. Il avait déjà suffisamment de mal à rester dans cette position au tribunal, pendant les audiences interminables.

Il feuilletait un dossier, relisant les transcriptions envoyées par le parquet et ne pouvait réprimer de temps à autre un petit rire condescendant en prenant connaissance du plaidoyer de l'avocate adverse. Sur cette affaire, Ronan avait su écraser la défense de Muriel sans le moindre problème.

S'il avait été à la place de cette avocate, il aurait

trouvé des dizaines d'arguments plus convaincants. Mais cela n'avait pas été le cas : il avait été engagé par l'ex de Muriel, pas par elle.

Il se souvint soudain de ce que Stone avait dit pendant leur petite réunion. Ce n'était pas en raison du métier de Muriel qu'il avait douté de son intelligence, mais à cause de l'homme qu'elle avait épousé. Stone n'avait pas beaucoup de respect pour l'ancien client de Ronan et, tandis que celui-ci relisait ses notes — les vraies, pas les faux que Muriel avait communiqués au barreau — il commença à partager l'avis de son associé au sujet d'Arte Armand…

Pourquoi diable avait-il accepté de représenter cet abruti ?

Il savait très bien pourquoi, évidemment. Quand Arte était venu voir Ronan pour la première fois, c'était un homme brisé. Il pleurait, se lamentant sur son sort et sur les mauvais traitements que lui infligeait sa nouvelle épouse. Sa « nouvelle » épouse…

Leur mariage n'avait pas duré longtemps : moins d'un an. Le contrat de mariage que Muriel avait fait signer à Arte aurait dû régler leur conflit — il était tout à fait en règle —, si Muriel n'avait pas été reconnue coupable d'adultère. Si Ronan ne l'avait pas accusée.

Avait-elle vraiment trompé son mari ? Tous les témoins avaient soutenu que c'était le cas, qu'elle avait toujours traité Arte comme un moins que rien. Mais, si c'était vrai, pourquoi était-il resté avec elle ?

Parce qu'il avait été incapable de partir en claquant la porte, comme le père de Ronan ? C'est pour cela que Ronan avait accepté cette affaire ; parce que cet homme lui rappelait son père. Mais ses parents s'étaient aimés pendant des années avant que sa mère commence à le tromper. Ils avaient eu un enfant. Oui, son père avait eu de bonnes raisons de vouloir rester.

Quelles étaient les raisons d'Arte ? L'argent ? Ou l'amour ?

Il avait prétendu aimer Muriel. Mais, si c'était vrai, pourquoi avait-il tant tenu à lui faire du mal ? À l'humilier publiquement ? Et pourquoi Ronan l'avait-il aidé à le faire ?

Le vague et inconfortable regret qui l'avait suivi depuis son passage chez Bette se transformait peu à peu en une douleur aiguë au milieu de sa poitrine.

Avait-il eu tort ? Non. C'était impossible. Pas avec autant de témoins venus décrire les mauvais traitements que Muriel avait infligés à son ex.

Cependant, en relisant la transcription de leurs témoignages, il ne put s'empêcher de remarquer quelques similarités — similarités qui, à l'époque, l'avaient convaincu de leur véracité. À y regarder de plus près, il commençait néanmoins à se poser des questions. Ces récits étaient-ils trop semblables ? On aurait presque cru que les témoins lisaient un texte.

Un frisson de malaise le parcourut soudain. Ce n'était pas à cause des transcriptions, non. Quelqu'un se tenait dans l'embrasure de la porte de son bureau. Il leva les yeux vers la silhouette et découvrit avec stupeur que c'était Muriel. Appuyée contre le montant de la porte, elle le dévisageait en silence.

Comment avait-elle réussi à passer devant Miguel, leur réceptionniste, sans se faire intercepter ? Ronan se rappela alors qu'on était dimanche. Miguel ne travaillait jamais le dimanche. Personne ne venait au cabinet, à part Ronan et ses associés. D'ailleurs, Stone était là, préparant son procès pour meurtre, et Trev était également venu travailler sur un dossier. Seul Simon n'était pas passé au bureau — sans doute parce qu'il était encore au lit avec Bette.

Ronan aussi aurait préféré faire la grasse matinée… avec Muriel. Il n'aurait pas dû la laisser seule, vendredi soir. D'ailleurs, en la regardant, si belle dans son jean aux déchirures artistiques et son pull qui laissait ses épaules dénudées, il ne savait plus pourquoi il était parti de chez elle, la laissant allongée nue sur les draps froissés de son grand lit.

Elle était si fascinante, encore tout essoufflée de leurs ébats. Le simple fait de se souvenir de son corps parfait et de sa peau veloutée réveilla ses désirs. Il avait encore envie d'elle. Malgré tout…

Il la contempla un moment. Elle était particulièrement sexy dans cette position, adossée au chambranle comme si elle posait pour une photo de mode. Soudain, elle s'approcha, souple comme un félin qui chasse.

Il ferma le dossier d'une main tremblante — son dossier. Il valait mieux qu'elle ne sache pas sur quoi il travaillait, qu'elle ne découvre pas à quel point elle le troublait ou le faisait douter.

Il voulut parler mais prit encore quelques secondes pour maîtriser son désir brûlant et contrôler sa voix.

— Qu'est-ce que tu fais ici ? demanda-t-il finalement.

— Je suis contente de te revoir, moi aussi, remarqua-t-elle sans chercher à dissimuler son sarcasme.

Oh ! il était content — plus que content — de la revoir ! Son visage s'étalait peut-être sur tous les magazines, mais ce n'était pas la même chose. Elle lui avait manqué, réalisa-t-il soudain, mal à l'aise. Pourtant, personne ne lui manquait jamais, à part ses meilleurs amis. Et Muriel n'était pas son amie.

C'était son ennemie, non ? Après tout, elle l'avait dénoncé auprès du barreau et il l'avait…

Qu'avait-il fait ?

Et que faisait-elle dans son bureau ? Elle s'arrêta près de la table qu'elle inspecta un instant d'un air perplexe.

Ronan posa une main protectrice sur le dossier.

— Je travaille, dit-il.

— Désolée, répondit-elle sans pour autant paraître

navrée. Je ne voudrais surtout pas t'empêcher de détruire la vie de quelqu'un d'autre.

— Ce n'est pas ce que je fais !

En tout cas, il l'espérait.

— Et je n'ai pas détruit ta vie.

— Oui, c'est ça…

Elle eut un reniflement hautain.

— Tu fais les couvertures de tous les magazines et on parle de toi tous les jours aux infos, lui rappela-t-il.

Elle haussa les épaules.

— N'est-ce pas ce que tu voulais dès le départ ?

Pourquoi serait-elle devenue mannequin si elle n'avait pas voulu être célèbre ?

— Je ne voulais pas qu'on parle de moi à cause d'un scandale pareil, répliqua-t-elle. Je voulais mériter mon succès.

— Et tu le mérites.

Elle était la « plus belle femme du monde » bien avant que le public ne la découvre à cause de son divorce.

Elle renifla de nouveau, les lèvres pincées.

— Je m'attends presque à recevoir ta facture ou celle de cette boîte de com, pour services rendus.

Ronan ne pouvait être sûr de rien en ce qui concernait Allison McCann : cette femme était presque aussi vénale que l'était sa mère — et peut-être l'ex de Muriel. Au final, si quelqu'un lui envoyait une facture pour services rendus, ce serait sans doute Arte Armand…

— Je ne vais pas t'envoyer de facture, lui assura-t-il.

Il ne pouvait rien promettre concernant Allison, par contre. Pour la première fois, il se demanda s'il avait bien fait de la laisser parler au nom de Street Legal lors de cette affaire. Est-ce qu'Arte et ses amis — qui n'étaient sans doute plus ceux de Muriel, à présent — avaient dit la vérité ?

— Et je ne veux pas de ton argent, ajouta-t-il.

Il ne voulait qu'elle, comme elle était vendredi soir : nue et folle de désir… Il serra le poing pour résister à l'envie de la caresser.

— Je sais, répondit-elle froidement.

Elle jeta quelque chose sur son bureau, là où était posé le dossier.

— Qu'est-ce que c'est ? demanda-t-il en regardant avec curiosité la grande enveloppe kraft.

— C'est ce que tu voulais obtenir en me séduisant.

Il ne put réprimer une grimace. Il aurait dû se douter que Bette irait lui répéter son plan : elles étaient amies. Apparemment, meilleures amies que lui et Simon, puisque celui-ci n'avait pas caché à sa petite amie le pari qu'ils avaient fait en réunion.

— Muriel…

Sans lui laisser le temps de parler, elle plaqua un doigt sur ses lèvres. Qu'aurait-il dit, de toute manière ?

— Ne t'en fais pas, murmura-t-elle. Je te séduisais aussi.

Au lieu d'être furieux ou choqué par cet aveu,

Ronan fut amusé. Il sourit contre le doigt de Muriel. Il s'était demandé plusieurs fois pourquoi elle l'avait laissé l'approcher. Maintenant, il savait : elle cherchait à obtenir quelque chose, elle aussi.

Elle frissonna brusquement et recula d'un pas. Ronan demanda alors :

— Que voulais-tu de moi ?

Qu'avait-elle voulu obtenir de lui ? L'espace d'un instant, elle fut incapable de s'en souvenir. Elle ne savait même plus comment elle s'appelait ! Tout ce qu'elle ressentait, c'était son désir honteux pour cet homme…

Oh ! comme elle avait envie de lui !

— Là, tout de suite, je ne sais plus, murmura-t-elle.

— Oh si, tu le sais très bien.

Il s'écarta de son bureau et s'avança pour s'arrêter devant elle, si près que leurs jambes se touchaient presque.

Elle portait des talons, ce jour-là : des escarpins particulièrement vertigineux. Comme elle était déjà grande, elle était presque de la même taille que Ronan avec ses chaussures. Néanmoins, il restait impressionnant, tout en muscles.

— C'est vraiment dommage que tu sois avocat, murmura-t-elle.

Avec une beauté et un charme pareils, il aurait dû devenir mannequin… et il aurait eu bien plus de succès que son ex !

Ronan dut prendre son commentaire pour une insulte car il pinça les lèvres.

— Tout le monde déteste les avocats, je sais.

Non, pas tout le monde, songea-t-elle sans le dire. À la place, elle plaisanta.

— Je ne déteste que les avocats spécialisés dans les divorces ; je n'ai aucun problème avec tes associés.

Il l'examina un instant d'un air peu convaincu.

— Pas même avec Simon ?

— Pas pour l'instant, répondit-elle tranquillement. Mais, s'il fait du mal à Bette, je le tuerai.

Elle n'avait jamais eu d'autres amies comme Bette — et elle en avait vraiment pris conscience quand elle avait vu tous ces gens défiler pendant le procès, si pressés de répandre leurs mensonges. Ces « témoins » n'étaient pas de vrais amis…

Ronan gloussa et lui prit doucement le bras pour palper son biceps. Elle ignora la chaleur qui l'envahit à son contact.

— Je pense que tu pourrais battre Simon, dit Ronan après un instant de feinte réflexion. Tu pourrais même sans doute me battre.

— Oh ! ça fait très longtemps que j'ai envie de te tuer, avoua-t-elle.

De nouveau, il parut accuser le coup. Puis, retrouvant bien vite son masque de séducteur, il lui caressa le bras, remontant jusqu'à son épaule nue.

— Et maintenant ? demanda-t-il à mi-voix.

Maintenant, elle avait juste envie de lui, à tel point que le moindre effleurement la faisait trembler. Mais ces furtives caresses étaient loin de lui suffire. Elle voulait sentir ses mains, ses lèvres, sur tout son corps.

Un murmure lui échappa dans un soupir sensuel.

— Ronan…

Il l'embrassa, d'abord doucement, passant comme une brise chaude et parfumée sur ses lèvres.

Elle ne put retenir un gémissement de plaisir. Elle n'avait pas pensé un seul instant que Ronan puisse être si délicat. Elle aurait presque pu croire qu'il avait de la tendresse pour elle. Mais ce n'était pas le cas.

Et elle ne devait pas l'oublier ! Ronan Hall ne se souciait que de lui, et la seule chose qui l'intéressait, c'était la victoire. Il ne reculerait devant rien pour triompher de Muriel, pour la charmer jusqu'à ce qu'elle fasse tout ce qu'il voulait. Bette l'avait prévenue. Non seulement il cherchait à savoir comment elle avait reçu les documents compromettants, mais en plus il comptait la pousser à retirer sa plainte auprès du barreau.

Si Muriel avait eu deux doigts de bon sens, elle se serait tenue éloignée de lui. Mais c'était elle qui était venue le voir dans son bureau, aujourd'hui. Bette avait refusé de lui donner son adresse personnelle. Néanmoins, elle avait fini par admettre qu'il pouvait être au bureau : les associés du cabinet travaillaient souvent le week-end.

Pourquoi Ronan n'était-il pas revenu sonner à sa porte ? Avait-il été trop pris par son travail ?

Trop occupé à détruire d'autres vies pour faire l'effort de la séduire davantage ?

Profitant de son trouble, il glissa sa langue entre ses lèvres et son baiser se fit plus fougueux. Il la serrait contre lui, la faisant fondre sous ses assauts passionnés.

Un raz-de-marée de désir envahit Muriel, embrasant sa peau et faisant battre son cœur plus fort. D'un seul coup, tous ses soucis disparurent et elle ne se demanda plus ni ce qu'il attendait d'elle, ni ce qu'elle était venue chercher. Tout ce qu'elle voulait, c'était ressentir de nouveau la jouissance qu'il avait su lui apporter.

Il s'écarta un instant, reprenant son souffle, et posa sur elle des yeux assombris par un désir primal.

— Sorcière…

Muriel aurait pu mal prendre ce murmure à peine audible, mais elle préféra en rire : enfin une preuve qu'il ressentait aussi ce lien sensuel, irrésistible, qui les unissait.

Ronan sourit, de mauvaise grâce.

— J'ai l'impression que je deviens accro.

Oh non, il ne savait pas ce qu'était réellement une addiction ! S'il avait vraiment été accro à elle, il aurait été incapable de quitter son appartement en pleine nuit, l'autre soir. Il n'aurait même pas été capable de quitter son lit…

D'ailleurs, il n'y avait pas de lit, dans cette pièce — pas même de chaise, à première vue. Juste l'étrange bureau surélevé derrière lequel se tenait Ronan à l'arrivée de Muriel. Peu importait comment ils allaient faire l'amour pourvu qu'ils le fassent.

Tout de suite.

Elle savait ce qu'était une addiction, elle, et elle commençait à avoir peur de devenir accro. Chaque fois qu'elle pensait à Ronan, son corps s'éveillait et s'échauffait, entraîné par son désir.

Elle s'agrippa à sa nuque et l'attira à elle pour l'embrasser de nouveau. Oubliée, la tendresse dont elle avait fait preuve au début. Elle s'abandonna immédiatement à sa fièvre, à son appétit vorace pour cet homme. Elle lui mordillait la lèvre et s'enivrait de la saveur de sa bouche.

Ronan gémit puis la souleva de terre, la portant dans ses grands bras musclés.

Elle ne savait pas vraiment où il l'entraînait et cela n'avait aucune importance…

Soudain, il l'assit sur quelque chose de dur et froid. Elle baissa les yeux et reconnut le bar qui longeait l'un des murs du bureau. La surface de granit noir était parcourue d'un veinage doré assorti au robinet du petit évier et aux carafes à décanter posées à côté.

— Besoin d'un verre ? demanda-t-elle.

— Besoin de toi.

Il lui ôta fiévreusement son pull. Ses cheveux retombèrent un instant devant son visage, l'empêchant de voir la réaction de Ronan lorsqu'il découvrit son bustier. Elle avait enfilé l'un de ses préférés, en cuir noir lacé sur le devant et — bien sûr — orné d'un petit nœud. Bien qu'elle ne pût pas le voir, elle entendit son hoquet de surprise.

Il murmura alors son nom, déboutonnant son jean d'une main tremblante. Quand il eut péniblement réussi à le défaire, il s'attaqua à la fermeture Éclair. Elle portait une culotte de cuir lacée devant et ornée d'un nœud, comme son bustier.

— Rappelle-moi de féliciter Bette pour son talent de créatrice, chuchota Ronan en se penchant pour l'embrasser de nouveau.

Muriel lui mordilla sensuellement la lèvre. Elle voulait plus que des baisers. Elle voulait son sexe. Sans attendre, elle glissa donc une main entre eux pour le caresser à travers son jean. Son sexe pointait déjà. Elle ouvrit sa braguette et le libéra de son boxer devenu trop serré.

Avec délice, elle referma enfin la main dessus et le caressa lentement de haut en bas.

— J'ai besoin de toi, maintenant ! glissa-t-elle à l'oreille de Ronan. Je veux te sentir en moi.

Il gémit de plus belle mais ne protesta pas. En fait, il avait déjà dû perdre le contrôle, car il lui arracha son jean et faillit casser le lacet qui fermait sa culotte en tirant dessus pour défaire le nœud. Le morceau de cuir s'écarta des cuisses de Muriel. Elle avait chaud, si chaud sous les caresses expertes de Ronan. Sans prévenir, il glissa les doigts en elle avec un soupir de contentement.

— Tu es si mouillée...

Si excitée.

Elle dénoua elle-même le lacet de son bustier

et laissa ses seins déborder des bonnets relâchés. Ses tétons étaient déjà tendus. Ronan en embrassa un, jouant à le caresser du bout de la langue.

Elle gémit, se frottant de plus belle à sa main. Il fit bouger ses doigts en elle, caressant son sexe avec sa paume. Puis, sans prévenir, son pouce trouva son clitoris et l'effleura. Muriel se crispa. Au même instant, Ronan mordit doucement son téton, et elle fut emportée par un violent orgasme.

— Ronan…

Elle sanglotait presque sous les vagues de plaisir qui se succédaient. Elle serra un peu plus le sexe de son amant dans sa main et le caressa plus fort.

Ronan frissonna et la souleva de nouveau dans ses bras. En dépit de sa force, il recula maladroitement. À moins qu'il n'ait eu l'intention de trouver l'unique fauteuil du bureau à l'aveuglette car il s'affala dessus. Muriel le chevauchait. En un instant, Ronan tira un préservatif de sa poche et l'enfila.

Trop pressée pour attendre un instant de plus, Muriel se hissa sur les genoux pour le guider en elle. Son sexe était si large, si gros, qu'elle le sentit forcer en la pénétrant. Elle se cambra et s'assit sur lui autant qu'elle le put. Ronan bougea un peu les hanches, juste un peu, pour l'asseoir plus bas…

Jamais Muriel ne s'était sentie aussi comblée par un homme. Un gémissement rauque lui échappa. C'était si bon ! Ronan continuait à bouger les hanches tout en caressant ses seins, ses tétons plus sensibles que jamais. Elle se mordit la lèvre pour étouffer un cri.

Il la rendait folle… Et elle voulait lui faire perdre la tête à son tour. Elle recommença donc à le caresser, jouant avec ses tétons jusqu'à ce qu'ils se tendent sous ses doigts. Puis elle passa un bras dans son dos pour caresser ses cuisses et ses testicules.

Il gémit, le cou tendu.

— Muriel…

C'était presque un avertissement. Elle le regarda, discernant un voile de sueur sur son front, comme s'il luttait déjà contre l'orgasme.

Mais elle ne voulait pas qu'il lutte. Elle ne voulait pas qu'il garde le contrôle. Elle voulait le sentir aussi sauvage qu'elle. Elle se pencha et l'embrassa longuement avant de frotter ses lèvres entrouvertes le long de sa mâchoire et de son cou, le mordillant au passage.

Les doigts de Ronan se crispèrent dans ses cheveux, les emmêlant davantage. Il tira sa tête en arrière et l'embrassa fougueusement. Alors qu'il écartait ses lèvres du bout de la langue, il donna un coup de reins plus fort pour entrer encore plus profondément en elle.

Elle remua les hanches et se cambra, incapable de supporter la délicieuse pression qui montait de nouveau en elle. C'était presque insoutenable. Il venait de la faire jouir, et pourtant elle avait besoin de sentir le plaisir la traverser encore et encore.

Oui, elle avait besoin de cette jouissance

si intense — cette jouissance que Ronan seul semblait capable de lui donner. Jamais elle n'avait eu d'orgasme si long et si renversant avant de le rencontrer. Soudain, comme s'il avait lu dans ses pensées, il frotta son pouce de nouveau sur son clitoris et la fit jouir une seconde fois. Incapable de se contrôler, elle cria son nom.

Lui aussi cria, dans une violente crise de spasmes. Leur plaisir se prolongea — longtemps. Finalement, elle s'affala sur lui, le front appuyé contre son torse humide de sueur, et il la serra dans ses bras. Leurs cœurs affolés battaient à l'unisson.

Jusqu'à ce moment, Muriel ignorait qu'on pouvait se sentir aussi proche de quelqu'un, aussi intimement lié. Mais ce n'était pas possible. Pas avec Ronan Hall. Cet homme ne se liait jamais à qui que ce soit.

D'ailleurs, après la trahison d'Arte, Muriel aussi aurait dû se méfier et mieux se protéger. Se souvenant soudain de tout ce qu'elle avait subi depuis le divorce à cause de Ronan, elle se redressa brusquement et courut vers le bar où elle avait abandonné ses vêtements.

— J'ai bien besoin d'un verre, moi aussi, murmura Ronan.

Mais au lieu d'attraper l'une des carafes à décanter, Muriel rassembla ses vêtements et s'habilla, si vite qu'elle ne vit pas que son pull était à l'envers avant que Ronan ne vienne tirer sur l'étiquette. Collé à elle, il tendit la main vers l'une des carafes. Elle remarqua alors que sa main tremblait.

Était-il aussi troublé qu'elle ? Il avait dû se rhabiller rapidement, lui aussi, car son jean avait déjà retrouvé sa place, froissé mais boutonné. Il se servit un verre, sans un mot, et rejoignit son bureau, sans se placer entre Muriel et la porte, comme elle l'avait craint pendant un instant.

Son instinct lui criait de fuir. C'était la meilleure chose à faire. Mais, si elle avait eu un soupçon de bon sens, elle ne serait jamais venue, pour commencer ; elle n'aurait jamais pris le risque de revoir Ronan.

9

— Ce n'est pas pour obtenir cela que je t'ai séduite, remarqua Ronan en examinant l'enveloppe que Muriel lui avait apportée.

Après des ébats aussi sauvages, il n'était plus certain de l'avoir séduite pour autre chose que le plaisir… Aucune autre amante n'avait su le faire jouir de la sorte, avant.

— Ce n'est qu'une enveloppe, ajouta-t-il.

Une simple enveloppe sans rien d'autre écrit dessus que le nom de Muriel. Il ne reconnaissait pas l'écriture. De toute manière, comment l'aurait-il pu, étant donné que l'encre du gros marqueur noir qu'on avait utilisé avait bavé sur le papier kraft ?

— Les documents étaient dedans, répondit Muriel. Quelqu'un a glissé cette enveloppe sous ma porte. Quand je l'ai découverte, j'ai d'abord cru que c'était Bette qui me les avait confiés.

— Non, ce n'était pas elle.

Ronan en était sûr, à présent. Bette aimait trop Simon pour mettre Street Legal en danger.

— En effet. Et je ne sais pas qui c'était, soupira

Muriel. Donc, tu vois, je ne suis pas capable de te donner l'information pour laquelle tu m'as séduite.

— Je t'ai séduite pour que tu ailles au barreau et que tu avoues que les documents ont été falsifiés, expliqua-t-il froidement.

Muriel éclata de rire.

— Si j'acceptais cela, ça voudrait dire que tu pousses de nouveau quelqu'un au parjure !

— De nouveau ? Je ne l'ai jamais fait.

Il n'avait jamais eu besoin de soudoyer qui que ce soit : les gens mentaient très bien tous seuls, sans avoir besoin d'un encouragement. De toute manière, dans ce cas précis, la seule personne qui avait menti était Muriel elle-même, selon toute vraisemblance.

— Je ne le ferai jamais non plus, ajouta-t-il.

Pourquoi risquerait-il son métier d'avocat et la réputation du cabinet ? Il avait travaillé trop dur pour sortir de la rue et aider ses associés de Street Legal. C'était bien trop important à ses yeux — il ne pouvait compter sur personne d'autre que ses amis après tout.

Les beaux yeux verts de Muriel l'étudièrent intensément, comme si elle essayait de voir s'il disait ou non la vérité.

— Tu as admis devant les caméras que tout ce qui comptait à tes yeux était la victoire, lança-t-elle.

— Pendant des interviews ? Des conférences de presse ? Bien sûr ! répliqua-t-il. On n'a pas engagé cette boîte de com pour passer pour des ratés. Qui s'offrirait les services d'un avocat qui accepte de perdre ?

— Pas mon ex, apparemment, marmonna-t-elle.

— Tu l'as profondément blessé, lui rappela Ronan.

Peut-être cherchait-il aussi à se le rappeler lui-même. Cette femme était dangereuse. Elle avait brisé Arte Armand, et Ronan devait se méfier qu'elle le détruise à son tour.

Muriel secoua fébrilement la tête. Ses paupières aux longs cils se mirent à battre comme si elle luttait pour retenir ses larmes.

— Je-ne-l'ai-pas-blessé !

Ronan haussa un sourcil, empruntant à Simon sa grimace de scepticisme favorite.

— Je n'ai rien fait, insista-t-elle. C'est lui qui m'a blessée.

Elle n'était pas brisée, pas comme Arte. Elle ne pleurait pas. Mais ses yeux brillaient trop, d'un seul coup. Étaient-ce des larmes qui perlaient au bord de sa paupière ? Ronan pressentit un piège. Après tout, cette femme était-elle vraiment capable de sentiments ?

Ou tentait-elle encore de le manipuler ? Elle avait déjà admis avoir essayé de le charmer pour arriver à ses fins.

— Pourquoi as-tu voulu me séduire ? demanda-t-il.

Non pas qu'il s'en souciât vraiment. Il avait apprécié ce petit manège. En fait, il n'aurait sans doute pas pu supporter cette passion brûlante plus longtemps sans succomber…

Muriel était une amante incroyable. Plus encore : leurs corps semblaient façonnés pour se correspondre. Et, au lit, leurs appétits étaient semblables : aussi voraces l'un que l'autre.

D'ailleurs, il la désirait encore. Quelques minutes à peine après l'un des orgasmes les plus intenses de sa vie, il la désirait de nouveau. Il avait besoin d'elle.

Elle le dévisagea un instant sans répondre, sans doute surprise par ce changement soudain de sujet de conversation.

Ronan répéta donc sa question :

— Tu as dit que tu me séduisais, toi aussi. Pourquoi ? Qu'est-ce que tu attends de moi ?

Il ne restait plus qu'à espérer qu'elle ait cherché plus que quelques instants de plaisir — beaucoup plus — parce que Ronan ne se sentait pas encore prêt à mettre fin à leur liaison. Il voulait profiter encore longtemps des charmes de Muriel Sanz…

Ses yeux ne cillaient pas.

— Je voulais que tu avoues avoir poussé des gens à mentir à mon sujet.

Ronan soupira.

— Dans ce cas, désolé, mais je ne peux pas non plus te donner ce que tu veux.

Elle eut un petit sourire un peu triste et murmura :

— Il faut croire que nous avons tous les deux perdu, cette fois.

Ronan n'eut l'impression d'avoir vraiment perdu

que lorsqu'elle tourna les talons et se dirigea vers la porte. Non ! Il ne pouvait pas la laisser partir ! Pas comme ça. Il se précipita et attrapa sa main pour la forcer à se tourner vers lui. Son geste fut si brutal que la généreuse poitrine de Muriel vint se plaquer contre lui, lui coupant le souffle. Tandis qu'il la dévisageait, qu'il admirait une nouvelle fois son visage, son cœur se mit à battre la chamade.

Elle semblait tellement à sa place dans ses bras, comme si elle lui était destinée. Mais c'était impossible. Personne n'était destiné à finir sa vie dans les bras de Ronan. Il n'était pas de ceux qui restent pour faire des câlins après l'amour. Et il ne voulait certainement pas de câlins maintenant.

Ce n'était pas pour cela qu'il serrait Muriel dans ses bras, qu'il la plaquait encore plus contre son corps. Il voulait faire l'amour de nouveau. Rien de plus…

Cependant, une étrange sensation commençait à naître dans sa poitrine, comme si son cœur se faisait plus chaud, plus vivant. Il n'aimait pas ça du tout. Il n'aimait pas ressentir quoi que ce soit. Point.

De toute manière, ce n'était que du désir. Du désir et une attirance charnelle…

En dépit de la chaleur de ce corps d'homme pressé contre le sien, Muriel fut traversée par un frisson soudain. Le regard de Ronan, sa mâchoire crispée… Il paraissait si tendu, presque effrayé, qu'elle prit peur, elle aussi.

— Quelque chose ne va pas ? demanda-t-elle à mi-voix, tentant en vain de dissimuler son inquiétude.

Ronan secoua la tête.

— Ça devrait être mal, répondit-il dans un souffle, mais c'est si bon…

— Quoi ?

— Ça.

Sa main glissa sur la hanche de Muriel, et elle sentit son sexe en érection contre le bas de son ventre.

— Nous.

— C'est mal, répondit-elle.

Et pourtant, cela lui paraissait si bon, à elle aussi. Depuis qu'ils s'étaient croisés dans l'ascenseur pour la première fois, il n'y avait eu aucune gêne, aucune hésitation. Il n'y avait eu que de la passion entre eux. Tant de passion…

De nouveau, Ronan secoua la tête, comme s'il ne pouvait accepter la situation.

Il n'avait pourtant pas le choix. Muriel devait le pousser à voir à quel point c'était mal — et elle devait s'en souvenir, elle aussi.

— Que dirait le barreau si on apprenait que tu as essayé de me convaincre de retirer ma plainte ?

Ronan se crispa immédiatement et eut un hoquet, comme si elle venait de le frapper au visage.

— Tu serais capable d'aller le leur dire ?

Elle le pouvait. À une époque, elle l'avait tant

haï qu'elle en aurait été tout à fait capable, oui. Mais la passion qui les avait rapprochés, les orgasmes que Ronan lui avait donnés, tout ce qui s'était passé ces derniers jours avait étouffé une partie de sa colère.

— Je n'essayais pas de te pousser à mentir, dit-il. Je ne ferais jamais une chose pareille.

Pour la première fois, Muriel fut tentée de le croire.

— Mais tu as admis que tu voulais que je retire ma plainte, lui rappela-t-elle.

— Oui, mais uniquement si tu es convaincue que ces documents ont été falsifiés. Uniquement si tu me crois.

Ses yeux sombres la suppliaient clairement de lui faire confiance.

Elle détourna le regard. Elle voulait le croire. Mais elle ne pouvait s'y résoudre. N'avait-il pas dit à tous ses amis qu'il la manipulait ? Dans de telles circonstances, comment croire un seul mot de ce qu'il lui disait ?

Les yeux fermés, elle secoua lentement la tête.

— Muriel…

Le souffle de Ronan effleura son oreille, et elle sentit son visage s'enfouir dans le creux de son cou.

— Je t'en supplie, fais-moi confiance.

— Je… Je ne peux pas, balbutia-t-elle. Pas plus que tu ne peux me faire confiance.

Il poussa un profond soupir et la serra de nouveau contre lui.

— Je ne sais plus ce que je dois croire ou non, lâcha-t-il.

Ça, elle pouvait le comprendre.

— Tu ne veux pas me croire, parce que ça t'obligerait à admettre que tu as eu tort, dit-elle.

Il fronça les sourcils, mais il ne protesta pas. Au lieu de cela, il se contenta de se pencher pour l'embrasser avec douceur. Jamais elle ne l'aurait cru capable d'une telle tendresse. Avec un second baiser, il se mit à lui caresser la joue.

— Qu'est-ce que tu fais ? demanda-t-elle, étouffée par le désir qui s'éveillait de nouveau en elle. Tu n'as plus aucune raison de me séduire, maintenant.

Quel que soit le plaisir qu'il lui donne…

Il ne dut pas l'entendre, car il poursuivit ses caresses, déposant une série de baisers sur sa joue et dans son cou. Son souffle était chaud sur la peau sensible de Muriel — et si doux.

Elle frissonna, envahie par un flot de sensations plus délicieuses les unes que les autres. Les paupières closes, elle sentit les lèvres de Ronan se poser sur son épaule nue. Un nouveau frisson la parcourut, suivi cette fois par une lame de fond brûlante qui se concentra en un petit noyau palpitant entre ses cuisses. Ses tétons se tendirent, et un gémissement à peine audible lui échappa.

Ronan se redressa pour prendre de nouveau possession de ses lèvres, sans la moindre tendresse, cette fois. Sa fièvre était revenue, plus vorace que jamais. Quand il s'écarta, Muriel eut besoin de plusieurs secondes pour reprendre son souffle.

Une excitation incontrôlable montait en elle, faisant courir des fourmis sous sa peau et envoyant battre son sang plus fort que jamais contre sa tempe. C'était de la folie… Une obsession que Ronan avait fait naître et qu'il entretenait. Oui, ni plus ni moins qu'une profonde folie.

Elle avait perdu la tête.

Et son souffle…

Et sa capacité à réfléchir ou à bouger…

Une simple caresse de Ronan suffisait à la paralyser. Elle n'était plus qu'une poupée de chiffon et elle se serait sans doute écroulée si Ronan ne l'avait pas soutenue. Cette fois, il ne la porta pas loin, se contentant de la poser au bord de son bureau.

Il la déshabilla, la laissant assise, nue, sur le dossier qu'il était en train d'étudier à son arrivée. Il était d'ailleurs tellement plongé dans sa lecture qu'il ne l'avait pas remarquée tout de suite.

À présent, il avait oublié toutes ses notes et tous ses clients. Il était uniquement concentré sur elle, embrassant et touchant chaque centimètre de peau, chaque partie de son corps.

Sa bouche s'approcha finalement de son sexe et sa langue vint caresser son clitoris. Muriel se cambra sur le bureau, criant sous la pression qui montait. Elle avait besoin de jouir, besoin de lui… D'un seul coup, sa paralysie disparut.

Elle attrapa Ronan, lui arracha ses vêtements

jusqu'à ce qu'il soit aussi nu qu'elle. Assise sur le bureau, elle était à la bonne hauteur pour lui.

Passant ses jambes autour de la taille de Ronan, elle l'attira à elle. Son grand corps était plaqué contre le sien, et elle était à peine capable de faire la différence entre leurs peaux embrasées. Ils se mirent à bouger ensemble, au rythme d'une danse charnelle qui leur était propre, comme une chanson intime.

Leurs mouvements s'accélérèrent peu à peu, jusqu'à ce que des cris de jouissance leur échappent en même temps. Muriel frissonna et, de nouveau, ses forces l'abandonnèrent.

Quand elle sentit le corps de Ronan trembler, elle comprit qu'il était aussi bouleversé qu'elle. Il la regarda un instant. De nouveau, elle vit cette étrange peur au fond de ses yeux.

Oui, il était ému et troublé, comme elle.

Cet homme éveillait tant de sensations en elle — surtout liées au plaisir, il fallait bien l'avouer. Ce n'était pas étonnant qu'elle ne puisse plus se passer de lui. Aucun autre homme ne lui avait donné d'orgasmes si puissants, si intenses.

Ronan avait toujours eu la réputation d'être un merveilleux amant. C'était bien pour cela que ses ex étaient si tristes quand il les quittait : elles n'étaient pas encore rassasiées.

Muriel commençait à les comprendre. Ronan venait de la faire jouir — plusieurs fois — et elle en voulait encore plus.

Soudain, la panique l'envahit. Elle descendit

maladroitement du bureau, répandant le contenu du dossier par terre. Elle voulut ramasser les papiers, mais Ronan avait été plus rapide et fourrait déjà les documents froissés dans leur pochette en carton.

Sans le quitter des yeux, elle récupéra ses vêtements et s'habilla. Il ne s'était pas rhabillé, lui. Il était toujours nu, splendide ; et elle le désirait tant.

Décidément, cette obsession devenait dangereuse, d'autant plus que Muriel commençait à envisager de faire ce que Ronan lui avait demandé. Elle était tentée d'aller au barreau pour retirer sa plainte — même si elle avait eu de très bonnes raisons pour la déposer.

Il fallait qu'elle se reprenne !

Elle ne pouvait pas oublier ce qu'il lui avait fait subir au tribunal, ce qu'il avait dit aux médias à son sujet. Il avait été prêt à tout pour la salir…

D'ailleurs, même s'il le niait, il devait avoir soudoyé ces témoins pour qu'ils se parjurent. À moins que Muriel ne soit en train de devenir comme lui. Peut-être qu'elle ne voulait pas le croire parce qu'elle n'était pas prête à admettre qu'elle s'était trompée. Sur lui. Sur tous ces gens dont elle croyait qu'ils étaient ses amis.

Sur tout…

Et, entre autres, sur les sentiments qu'elle commençait peut-être à avoir pour Ronan, au-delà du sexe. Était-il possible qu'il se passe entre eux quelque chose qui allait plus loin que le simple désir charnel ? Trop effrayée pour rester, elle s'enfuit du bureau en courant dès qu'elle eut fini de se rhabiller.

Cette fois, Ronan ne l'arrêta pas. Il était de nouveau plongé dans l'étude de son dossier, comme s'il avait complètement oublié sa présence.

C'était également ce qu'elle devait faire : oublier Ronan une bonne fois pour toutes. Ils n'avaient aucun avenir ensemble. D'ailleurs, leur passé commun aurait dû les empêcher de se fréquenter dès le départ. Elle n'aurait jamais dû laisser cet homme la toucher. À présent, elle risquait de ne plus vouloir d'autre amant que lui… Oui, elle aurait dû se contenter de son vibromasseur pour satisfaire ses fantasmes. Son « amant mécanique » ne risquait pas de la trahir, lui !

Ronan, d'un autre côté, l'avait trahie avant même leur premier baiser. Il n'était pas digne de sa confiance.

10

La première fois qu'il avait rencontré Arte, Ronan avait eu pitié de lui car il semblait réellement brisé par les mensonges de sa femme. Et Ronan avait fait vœu de le venger, comme il aurait voulu venger son propre père, autrefois.

Mais Arte Armand et Muriel n'avaient pas été mariés longtemps. Était-il possible que cet homme ait autant souffert en si peu de mois ?

Ronan n'avait pas connu Muriel longtemps, lui non plus, et pourtant elle lui avait déjà fait du mal. Son corps était tendu, il avait besoin d'elle. Il avait peine à croire qu'il ne s'était passé que deux jours depuis qu'elle était venue à son bureau pour lui confier l'enveloppe où l'on avait écrit son nom au feutre noir. Quelqu'un lui avait-il réellement remis les documents dans cette enveloppe ? Ou y avait-il eu autre chose à l'intérieur, contrairement à ce qu'elle prétendait ?

Il ne savait plus que croire… C'est pour cela qu'il avait demandé à Arte Armand de venir à l'étude. Ils s'étaient tous les deux assis devant le bar de granit noir, là où Ronan avait fait l'amour à l'ex de son client. Arte était à présent installé devant lui, les jambes croisées. Tandis qu'il essayait de se concentrer sur leur conversation, Ronan ne pouvait s'empêcher de sentir la présence de Muriel — encore.

Un soupçon de culpabilité l'envahit.

Cette fois, Arte ne paraissait ni brisé ni désespéré. Ses yeux étaient secs, son regard vif. Son visage était bronzé et tout son corps détendu. Il portait un jean aussi soigneusement déchiré que celui de Muriel et une chemise de soie rose vif dont les manches retroussées étaient doublées d'un tissu blanc à pois noirs.

— Je suis heureux que tu m'aies appelé, dit-il. J'avais l'intention de prendre rendez-vous pour venir te parler, de toute manière.

— Vraiment ?

S'était-il déjà remarié ? Six mois à peine s'étaient écoulés depuis que le divorce avait été prononcé. C'était néanmoins suffisant pour s'engager dans une relation sérieuse. Mais de là à se marier…

Et, à bien y réfléchir, pourquoi aurait-il pris un tel risque si son mariage avec Muriel avait été aussi catastrophique qu'il l'assurait ?

— Oui, vraiment. J'ai été très occupé par le lancement de ma comédie musicale, ces derniers temps.

Un lancement financé avec l'argent de Muriel. Ronan se sentit de nouveau coupable — vis-à-vis d'elle, cette fois.

— Ah bon ? reprit-il, surpris. Je ne savais pas que tu t'intéressais au théâtre.

Arte éclata de rire.

— Bien sûr ! C'est pour cela que je suis venu vivre en ville. Je cartonne sur tous les tableaux : danse, chant et théâtre.

Était-il vraiment bon acteur ? Assez pour tromper Ronan ?

— Mais tu étais mannequin.

Arte sourit, dévoilant des dents parfaitement alignées et d'une blancheur aveuglante.

— C'était plus facile de me faire une place dans le monde de la mode. Mais, maintenant, j'ai trouvé le moyen parfait pour lancer ma carrière.

Muriel. Elle avait servi de tremplin à Arte. Et Ronan avait été son complice.

— Je ne peux pas t'aider, dit-il froidement, je ne m'y connais pas en législation du spectacle. Je ne m'occupe que de divorces.

— Oh ! ce n'est pas ce que j'attendais de toi, répondit tranquillement Arte. Je suis là au sujet de ce truc : la « plus belle femme du monde ».

Muriel, encore. Elle n'était pas un « truc », songea Ronan, les dents serrées.

— Elle a reçu ce titre grâce à nous, poursuivit Arte. Tu ne crois pas qu'on devrait en tirer un bénéfice, nous aussi ?

— Ça ne m'intéresse pas.

Et Arte Armand ? Voulait-il être élu « plus bel homme du monde » ? Soudain, Ronan commença à avoir des doutes.

Il examina son ancien client, avec ses cheveux bien coiffés aux reflets dorés. La même couleur que la chevelure de Simon — qui, elle, était naturelle.

Arte rit de nouveau, gloussant presque comme une adolescente.

— Bien sûr, je ne cours après aucun titre !

— Que veux-tu, dans ce cas ?

— De l'argent, répondit Arte comme si c'était une évidence.

Et cela aurait dû l'être, en effet. Dès leur première rencontre, il n'avait été question d'argent.

— Je pense que Muriel devrait m'accorder un pourcentage sur tout ce qu'elle gagne maintenant, puisque c'est grâce à nous qu'elle est devenue célèbre.

Nous. Ronan ne put réprimer une grimace. Il aurait voulu faire taire cet homme, l'empêcher de lui rappeler sans cesse ce qu'ils avaient fait subir à Muriel.

— Vous n'étiez pas mariés depuis assez longtemps pour que tu puisses demander une pension, lui rappela Ronan.

— Mais tu as quand même réussi à m'octroyer une belle part du gâteau.

— Oui, admit Ronan en comprenant qu'Arte ne méritait pas tout ce qu'il avait fait pour lui. Et tu as accepté de t'en contenter. Tu ne peux pas exiger plus.

— Pourtant, sans nous, mon ex ne serait toujours qu'une photo sur papier glacé. Personne ne connaîtrait son nom, insista Arte. Nous méritons bien une récompense, un pourcentage sur ses revenus.

Décidément, au lieu de craindre que Ronan ou la boîte de com ne lui envoie leur facture, Muriel aurait mieux fait de s'inquiéter de son ex.

— Ce que nous avons fait m'a valu une plainte auprès du barreau, reprit Ronan d'une voix glaciale. C'est d'ailleurs pour ça que je t'ai fait venir.

— Une plainte ?

Arte parut soudain plus tendu.

— Oui. Muriel prétend que j'ai incité des témoins à se parjurer. Elle pense que j'ai payé tous ces gens pour qu'ils mentent.

Arte rit une nouvelle fois. Cependant, son visage restait crispé et sa bonne humeur sonnait creux.

— Ne t'en fais pas. Elle ne peut rien prouver.

— Parce qu'il n'y a rien à prouver, n'est-ce pas ? J'imagine que ces gens ont tous dit la vérité.

— Évidemment.

— Le même récit, presque mot pour mot, murmura Ronan. Comme s'ils avaient appris un texte par cœur…

Pourquoi n'avait-il pas remarqué cela plus tôt ? Pourquoi n'avait-il pas cherché à en savoir plus sur ces témoins et sur Arte Armand ?

Peut-être s'était-il laissé distraire par tous ces récits d'orgies et d'adultère. Peut-être avait-il occulté la vérité, trop occupé à imaginer une insatiable Muriel Sanz en train de se livrer à toutes sortes de folies…

Arte haussa les épaules.

— Ils ont tous vu la même chose, dit-il. C'est logique qu'ils l'aient décrit de la même manière.

Soudain, Ronan sut sans l'ombre d'un doute qui avait écrit le récit que les témoins avaient sagement récité.

— S'ils ont menti, je risque de perdre mon droit d'exercer.

Arte posa une main sur le bras de Ronan, l'air compatissant.

— Ne t'inquiète pas. Tu ne pouvais pas être au courant.

— Qu'ils mentaient ?

Ronan voulait savoir la vérité, à présent. Mais, si Arte lui avouait tout, il n'était pas sûr de pouvoir se retenir de lui arracher les yeux. Il devait déjà serrer les poings pour conserver un calme apparent.

— Non, bien sûr que non, balbutia Arte. De toute manière, je ne comprends pas ce qui dérange tant Muriel. Ce n'est pas comme si ce procès avait causé du tort à sa carrière…

C'était exactement l'argument dont Ronan s'était servi pour se justifier. À présent qu'Arte prononçait ces mots à voix haute, il comprenait à quel point c'était méprisant et égoïste.

— Elle est bouleversée, pourtant, rappela Ronan qui commençait à partager son sentiment.

Arte poussa un soupir de regret.

— Oui, à cause de ses grands-parents…

— Quoi ?

— Ils l'ont élevée quand sa mère a quitté la maison, sans raison, expliqua Arte. Ce sont des gens adorables, très pudiques. Ils ont dû être dévastés.

Dévastés par le procès. Par ce que Ronan, avec l'aide de McCann Public Relations, avait déclaré à la presse. De nouveau, il sentit un nœud peser sur son estomac.

Arte soupira de nouveau, puis se redressa sur son siège.

— Mais ils la connaissent. Je suis sûr qu'ils n'ont pas cru un seul mot de tout ce qu'on a dit.

Soudain, il plaqua une main sur sa bouche. Trop tard, il en avait trop dit !

— Tu ne penses pas qu'ils ont cru à tous ces mensonges ? C'est ça ? demanda Ronan.

Arte secoua furieusement la tête.

— Non, non ! Qui parle de mensonge ? C'est la vérité, s'écria-t-il d'une voix suraiguë. Ils n'ont pas voulu voir qui elle est vraiment. Ils n'ont toujours vu que le meilleur chez elle.

— Sa franchise et son honnêteté, acheva Ronan à sa place.

Arte le dévisagea un instant, l'air perplexe.

— Tu crois vraiment ça ?

— C'est ce que l'une de ses vraies amies soutient, répondit Ronan.

— Dommage qu'elle n'ait pas fait témoigner cette amie au procès.

Dommage…

De toute manière, l'avocate de Muriel n'avait pas été bonne. Hélas, à la fin, Muriel avait accepté l'accord que Ronan lui avait proposé après avoir fait invalider le contrat de mariage. Légalement, elle ne pouvait plus revenir dessus.

Au moins, elle était libérée de l'emprise d'Arte Armand une bonne fois pour toutes.

Celui-ci se leva, retrouvant son air tranquille.

— À ta place, je ne m'inquiéterais pas trop pour cette plainte. Tu es un bon avocat.

Ronan l'avait cru, lui aussi. Jusqu'à présent. Mais il n'était plus sûr de ses talents, après toutes ces révélations.

— Je suis certain que tu t'en sortiras, poursuivit Arte. Tu es vraiment sûr de ne pas pouvoir négocier plus de… ?

— Non ! coupa Ronan en bondissant de sa chaise.

Il résista péniblement à l'envie de faire voler les dents parfaites de son client d'un coup de poing.

— Je pense qu'elle a déjà bien assez perdu dans cette histoire !

Elle avait dû dire adieu à sa fortune et à sa réputation ; peut-être même au respect des grands-parents qu'elle aimait tendrement.

À présent, Ronan comprenait pourquoi elle était tellement en colère. Et il ne pouvait pas lui en vouloir. Il avait même de la chance qu'elle se soit limitée à déposer plainte auprès du barreau. S'il avait été à sa place, Ronan aurait fait bien pire — et il était tenté à son tour de faire payer Arte Armand.

On frappa soudain à la porte du bureau, et Simon passa la tête à l'intérieur.

— Oups, désolé de t'interrompre, dit-il. On t'attendait pour commencer la réunion, mais je ne savais pas que tu étais avec un client…

— C'est bon, on a terminé, répondit Ronan.

Pour le moment, en tout cas…

Il n'était pas tout à fait certain d'en avoir fini avec Arte Armand. Pas après ce qu'il avait fait à Muriel — et ce qu'il avait poussé Ronan à faire.

L'ancien mannequin se précipita vers la porte, comme s'il avait hâte de fuir son avocat. Avait-il deviné qu'il était passé à deux doigts d'une correction musclée ? Ou avait-il envie de faire connaissance avec Simon ? Ronan remarqua soudain l'intérêt avec lequel Arte contemplait son associé.

Bon sang ! Comment avait-il pu passer à côté de ça ?

Et Muriel ? Elle ne l'aurait jamais épousé si elle avait su.

Tandis qu'Arte attendait l'ascenseur, Ronan rejoignit le bureau de Simon et s'affala sur l'une des chaises placées autour de la grande table.

— Quelque chose ne va pas ? demanda Trev.

Ronan ferma les yeux et secoua la tête. Il n'avait pas le courage de leur répéter tout ce qu'il venait d'apprendre, d'admettre à voix haute qu'il s'était laissé manipuler du début à la fin.

— Arte Armand vient de quitter son bureau, répondit Simon à sa place.

— Et tu viens de comprendre que ce type est complètement glauque ? lança Stone avec une grimace de dégoût.

— Tu le connais ?

Ce n'était pas la première fois que son associé faisait des commentaires au sujet d'Arte. C'était inquiétant, d'ailleurs, puisque Stone était avocat criminel…

Mais celui-ci secoua la tête.

— Je l'ai croisé plusieurs fois dans l'ascenseur, quand tu t'occupais du divorce.

— Tu n'as jamais travaillé avec lui ? demanda Ronan.

De nouveau, Stone répondit par la négative.

— Il est glauque, mais je n'ai pas entendu dire que c'était un criminel.

— C'est un escroc, remarqua Simon depuis sa place, en bout de table. Et il a l'air doué.

Ronan retint son souffle : il commençait à se poser la question, en effet.

— Tu en es sûr ?

— Il faut être de la partie pour s'en rendre compte…

Et si quelqu'un s'y connaissait, c'était bien Simon.

Ronan soupira.

— Qu'est-ce que ça veut dire, pour nous ? demanda Trevor.

— Ça veut dire que je risque d'avoir de très gros problèmes, répondit Ronan en soupirant. Tous les témoins ont menti. Si jamais le barreau apprend la vérité, on pourrait m'accuser de complicité. On pourrait croire que j'ai encouragé un parjure.

— Et tu pourrais perdre ton droit d'exercer, murmura Stone.

C'était bien le cadet des soucis de Ronan pour le moment. Il avait peur de perdre bien plus que cela. Toutes ses chances de revoir Muriel, par exemple…

Tendue, Muriel suivit l'homme le long du couloir. Elle était plus crispée que jamais. Peut-être aurait-elle dû se servir de son vibromasseur pour se détendre un peu avant son rendez-vous. Hélas, cela n'aurait sans doute pas suffi. Elle commençait à craindre que seul Ronan ait le pouvoir d'apaiser ses tensions.

Et c'était bien pour cela qu'elle était venue.

— Je suis surpris que vous souhaitiez faire appel à McCann Public Relations, murmura l'homme par-dessus son épaule.

De toute évidence, il connaissait Muriel et savait ce que Ronan lui avait fait subir par le biais de cette firme. Mais elle n'était pas là pour ça. Elle n'avait pas besoin d'eux — pas depuis qu'elle avait été couronnée « plus belle femme du monde ».

Non. Ce qu'elle était venue chercher, c'étaient des réponses.

Elle n'en avait pas reçu de la part de Ronan et espérait en trouver ici. En interrogeant Allison McCann.

Son guide s'arrêta au bout du couloir et ouvrit la porte du bureau d'angle. Un flot de soleil se déversait des deux baies vitrées, éclairant comme un projecteur la femme assise à son bureau.

Allison McCann, avec ses cheveux auburn, sa peau de lait et ses yeux bleus brillants, aurait bien plus mérité le titre de « plus belle femme du monde » que Muriel… Mais Allison McCann préférait rester dans l'ombre.

D'ailleurs, Muriel ne savait pas comment elle avait réussi à ne jamais attirer l'attention sur elle. Quand la femme la salua, cependant, elle comprit mieux : Allison avait une froideur glaciale, capable de décourager les paparazzis les plus tenaces.

— Bonjour, madame Sanz. Je vous en prie, asseyez-vous, dit-elle en montrant la chaise placée devant son bureau au plateau de verre. Veuillez refermer la porte en sortant, Edward.

L'homme s'exécuta, sans cacher un étrange déplaisir. Muriel frissonna. La voix d'Allison n'était pas la seule chose froide, ici.

La porte claqua, et Muriel sursauta. Elle hésita un instant avant de s'approcher du bureau.

— Je suis désolée, murmura Allison.

— Je ne suis pas venue pour réclamer des excuses.

D'ailleurs, elle ne s'attendait pas plus à des excuses de la part de cette femme que de celle de Ronan.

— Je parlais d'Edward, reprit Allison avec un signe de tête en direction de la porte. Dites-moi pourquoi vous êtes là, madame Sanz, si ce n'est pas pour des excuses. Avez-vous besoin de nos services ?

Son sourire trahit un espoir poli, mais pas insistant.

Pourtant, tous les chargés de relations publiques que Muriel avait rencontrés étaient insistants. Elle fut presque agréablement surprise par cette différence — du moins, jusqu'à ce qu'une petite voix lui rappelle ce que cette femme lui avait fait subir.

— Pourquoi ? demanda-t-elle.

C'était la question qui la hantait le plus depuis le divorce.

Allison la gratifia d'un nouveau sourire professionnel.

— C'est une bonne question, étant donné que vous avez beaucoup de succès sans qu'on vous y aide, en ce moment. Mais, bien sûr, c'est le meilleur moment pour faire appel à McCann Public Relations : nous pouvons vous aider à orienter votre carrière dans la direction de votre choix. Je vous en prie, asseyez-vous et parlez-moi un peu de vos projets.

Muriel se rendit soudain compte qu'elle était toujours debout. De toute manière, elle était trop anxieuse pour s'asseoir. Elle s'approcha de la fenêtre et contempla la vue sur Midtown. D'ici, le parc était magnifique.

— Voulez-vous devenir actrice ? demanda Allison.

— Non, répondit Muriel. Je ne suis pas une actrice.

Elle était bien trop honnête pour cela. C'était Arte qui voulait jouer la comédie, danser et chanter. Pas elle.

— Chanteuse ?

Muriel éclata de rire.

— Mon Dieu, non ! Et, avant que vous posiez la question, je ne suis pas non plus douée pour la danse.

Elle n'avait aucun sens du rythme — sauf avec Ronan. Dans ses bras, par contre, elle trouvait le tempo parfait, et leur coordination instinctive les emportait toujours vers des sommets d'extase.

— Vous êtes donc satisfaite par votre carrière dans le mannequinat, reprit Allison.

Muriel examina le visage de la femme, assise à son bureau. Avait-elle entendu une pointe de condescendance, dans sa voix ? Une forme de jugement ?

— Oui, je suis heureuse d'être mannequin.

— Pourquoi ?

C'était bien cette question qui taraudait Muriel. Mais, au lieu d'insister pour obtenir une réponse de la part d'Allison, elle expliqua :

— J'admire la créativité des designers. J'aime mettre leur travail en valeur.

Surtout celui de Bette. Elle savait à quel point son amie avait dû travailler pour remporter ses succès récents.

Allison étudia longuement Muriel, comme si elle essayait de voir si elle disait la vérité.

— Je pourrais vous citer, sur ce point ; ça vous apporterait beaucoup de travail, j'en suis sûre, dit-elle. Tous les designers aimeraient entendre cela plus souvent.

Muriel rit de nouveau.

— Le moindre mot est utile pour vous, hein ?

— Est-ce un problème ?

— Oui, quand vous vous servez de ces mots pour salir le nom des innocents.

Allison bondit de sa chaise.

— Si vous avez pris rendez-vous uniquement pour m'accuser, vous feriez mieux de partir ! s'écria-t-elle.

— Si j'avais voulu vous accuser, je n'aurais pas pris rendez-vous, répliqua froidement Muriel. Je l'aurais fait en public, pour vous faire honte. Dans votre restaurant préféré, peut-être, ou en pleine rue. J'aurais tout fait pour vous humilier comme vous m'avez humiliée.

Le visage pâle d'Allison s'empourpra. Mais ce n'était pas de la gêne : c'était de la colère.

— Je faisais simplement mon travail, madame Sanz, argua-t-elle. Vous ne devriez pas prendre cela pour une attaque personnelle.

— C'était personnel pour moi.

Les souvenirs revinrent hanter Muriel, et sa gorge se noua en songeant au jour où elle avait appelé ses grands-parents pour les prévenir. Pour essayer, en tout cas. Hélas, elle avait réagi trop tard : les ragots répandus par Allison avaient déjà fait les gros titres dans tout le pays…

La femme soupira.

— Est-ce pour cela que vous avez porté plainte contre Ronan Hall ? Par orgueil ?

Muriel maîtrisa avec peine la colère qui montait en elle.

— Par orgueil ? Non ! Je ne suis pas une enfant !

— Pourtant, vous réagissez comme une petite fille, s'emporta Allison. Accuser un homme…

Muriel fut tentée de lui montrer ce qu'était vraiment une réaction infantile, mais elle se retint. Physiquement, en tout cas. Oralement parlant, elle ne fit pas l'effort de mâcher ses mots.

— Je pourrais vous poursuivre pour diffamation, dit-elle, menaçante. Ces témoins ont menti, et j'en ai la preuve.

— Des documents falsifiés, lâcha Allison avec une grimace de dédain.

— C'est ce que prétend Ronan, coupa Muriel — qui commençait néanmoins à le croire. J'en déduis donc que vous lui avez parlé.

— Je travaille avec tous les membres de Street Legal, répondit simplement Allison.

Vraiment ? Et où s'arrêtait leur complicité ? Faisaient-ils plus que travailler ensemble ?

— Je sais. C'est pour ça que je suis venue. Je veux savoir qui a eu l'idée de m'humilier en public : Ronan ou vous ?

Elle croisa presque les doigts pour qu'Allison assume ses responsabilités ; pour qu'elle lui dise que Ronan s'était opposé à chaque communiqué de presse.

Mais Allison ne dit rien. Elle se contenta de se rasseoir et de secouer la tête, toujours aussi hautaine.

— Je mérite de connaître la vérité, insista Muriel, même si je ne m'attends pas à la moindre franchise de votre part.

Allison se cala au fond de son fauteuil. Son beau visage était déformé par un rictus hideux, comme si elle venait de mordre dans un citron.

— Vous avez perdu votre temps en venant ici, déclara-t-elle. À moins que m'insulter vous ait apporté la satisfaction que vos récents succès ne vous ont, de toute évidence, pas offerte.

— Vous pensez donc la même chose que Ronan ? murmura Muriel. Que la fin justifie les moyens ?

Allison se contenta encore une fois de la dévisager en silence, et son regard bleu se fit glacial.

— Eh bien, ce n'est pas le cas ! s'écria Muriel, incapable de garder son calme plus longtemps. Pas quand on emploie des moyens si mesquins…

Les larmes lui montaient aux yeux, maintenant, et elle se précipita vers la porte. Quand elle l'ouvrit, elle faillit heurter de plein fouet l'homme qui se tenait dans le couloir.

De toute évidence, l'assistant d'Allison McCann écoutait aux portes.

Il la reconduisit jusqu'à l'ascenseur et lui glissa à l'oreille :

— Si j'avais su que vous veniez pour cela, je vous aurais dit que vous perdiez votre temps.

— J'aurais dû me douter que je n'obtiendrais pas la moindre réponse ici, admit Muriel en ravalant ses larmes.

Tout cela, c'était à cause de Ronan. Comment garder son calme quand tout son corps avait envie de lui ? Pourtant, s'il était vraiment le monstre qu'elle avait vu au tribunal, il était hors de question qu'elle se jette de nouveau dans ses bras ! Était-il réellement aussi froid et impitoyable qu'on le disait ?

Elle se rendit compte soudain qu'elle ne savait absolument rien de lui.

— Vous auriez dû vous adresser directement à moi, reprit Edward à mi-voix tandis qu'ils attendaient l'ascenseur.

Muriel se figea.

— Vous êtes au courant ?

— J'assiste à tous les rendez-vous d'Allison, reprit-il, sauf au vôtre.

En effet, c'était clairement lui que Muriel aurait dû aller voir. Sans doute était-ce pour cela qu'Allison ne l'avait pas autorisé à rester dans le bureau.

L'ascenseur sonna, et la porte s'ouvrit sur la cabine vide. Avant d'y entrer, Muriel se tourna vers le jeune homme.

— Dans ce cas, dites-moi qui a eu l'idée de salir mon nom dans les médias.

— Ronan Hall.

Muriel eut l'impression qu'on venait de la

frapper en plein ventre. Le couloir se mit à tourner autour d'elle.

— Allison n'avait pas envie de rentrer dans son jeu, poursuivit Edward, mais elle est obligée de satisfaire ses clients.

— Et Street Legal est un client, lâcha Muriel, le souffle court.

Pas elle. Elle n'était qu'une victime sans défense.

— C'était l'idée de Hall, reprit le jeune assistant. De tous ces requins de Street Legal, il est de loin le pire…

— Et le cabinet est un gros client de McCann Public Relations ? demanda Muriel.

— Le plus gros, soupira Edward. Et le plus impitoyable.

Allison McCann ne l'aiderait donc jamais dans son combat — même si elle savait que Ronan avait soudoyé les témoins ; ce dont Muriel n'était pas certaine elle-même. Elle avait commencé à croire Ronan…

Avait-elle été manipulée ? Avait-il simplement cherché à la pousser à retirer sa plainte, comme il s'en était vanté devant ses amis ?

Edward poursuivit dans un murmure :

— C'est pour cela qu'Allison a fait tout ce que Hall lui a demandé. Croyez-moi, je suis vraiment désolé pour ce qui vous est arrivé.

Avant de monter dans l'ascenseur, Muriel lui serra le bras, reconnaissante. Ses excuses lui firent chaud au cœur, même si ce n'était pas ce qu'elle avait espéré.

À présent, elle savait qui lui devait réellement des excuses : Ronan.

11

Ronan ne vit rien venir. La porte de l'appartement de Muriel s'était à peine ouverte que deux mains le repoussèrent violemment dans le couloir.

— Espèce de salaud ! cria Muriel.

— J'aurais dû m'en douter, murmura-t-il.

Cependant, il avait des circonstances atténuantes : Muriel ne savait pas ce que sa mère avait fait.

— Oui, tu aurais dû, reprit-elle d'une voix blanche de colère.

Puis, visiblement surprise, elle s'interrompit et le dévisagea un instant.

— Tu reconnais tes torts ?

Que savait-elle vraiment ? Qu'il avait parlé à Arte ? Si ce salaud avait osé la voir pour lui demander de l'argent, Ronan allait… Non. Arte n'avait pas le courage de se montrer si direct. Il préférait les magouilles discrètes et malhonnêtes. Comme l'avait si bien dit Simon, Arte était un escroc.

— De quoi parles-tu ? demanda Ronan.

Muriel le poussa de nouveau, mais elle n'avait

pas assez de force pour l'empêcher de passer. Il entra dans son appartement et claqua la porte derrière lui.

— Quoi ? lança-t-elle. Tu as peur qu'on nous entende ? Tu as peur de laver ton linge sale en public ?

Ronan éclata de rire.

— Au contraire, je me fiche de ce qu'on peut penser !

— Oui, c'est ça ! lâcha-t-elle, méprisante. Par contre, tu ne veux surtout pas que le barreau soit au courant de tes petites intrigues !

— Je n'ai pas monté d'intrigue.

Pourtant, depuis quelques jours des doutes commençaient à l'assaillir. Avait-il déformé la vérité, même sans le vouloir ?

— J'ai parlé à Allison McCann, figure-toi, reprit Muriel.

— La garce ! s'exclama Ronan d'un ton révolté. Elle a osé te présenter une facture ?

Cette fois, ce fut Muriel qui rit amèrement.

— Non, mais elle était convaincue que je venais pour l'engager.

Elle rit de nouveau, et Ronan l'imita.

— C'est une garce, en effet, mais elle est loyale envers Street Legal. Elle a refusé de me dire qui avait eu l'idée de me salir dans la presse.

Soudain, la culpabilité coupa Ronan dans son élan.

— C'était mon idée, avoua-t-il.

— Je sais, répondit Muriel. Edward me l'a dit.

— Qui est Edward ?

— Le laquais de la garce.

Ronan lâcha un nouvel éclat de rire : elle parlait de l'assistant d'Allison, bien sûr !

— Pourquoi as-tu fait ça ? reprit Muriel, sans chercher à cacher sa douleur. Pourquoi as-tu voulu me traîner publiquement dans la boue ? Me battre au tribunal ne t'a pas suffi ? Tu as gagné ! Pourquoi m'humilier davantage ?

Ronan vit des larmes perler au coin de ses yeux. Muriel se détourna immédiatement, comme si elle avait honte de pleurer devant lui.

Il aurait voulu la prendre dans ses bras et la réconforter. Ses sanglots étouffés lui brisaient le cœur. Mais il était beaucoup trop tard pour effacer le tort qu'il lui avait causé. Néanmoins, il avait une dette envers elle.

Maintenant que Muriel lui tournait le dos, il trouvait enfin le courage de lui avouer la vérité. En revanche, il ne lui parlerait pas de son entretien avec Arte.

Il n'était pas encore prêt à admettre ses erreurs ; mais il pouvait au moins lui dire pourquoi il les avait commises.

— Je l'ai fait pour mon père, murmura-t-il.

Muriel se retourna vers lui, visiblement confuse.

— Quoi ? Je ne comprends pas.

— Toutes les affaires de divorce que j'accepte, je les gagne pour mon père. Parce qu'il aurait dû quitter ma mère mais il n'en a jamais eu le courage.

Il a subi ses humiliations et ses infidélités sans rien dire.

— Ronan…

Elle posa le bout de ses doigts sur son bras, l'effleurant à peine, et Ronan frissonna.

À moins que les souvenirs de son passé n'aient jeté une chape glacée sur lui.

— Ils se disputaient tout le temps, poursuivit-il.

— Cela devait être horrible, reprit-elle d'une voix compatissante.

Ce n'était pourtant pas de l'empathie que Ronan était venu chercher. Il voulait simplement qu'elle le comprenne.

— C'était si terrible que… que je me suis enfui. C'est comme ça que j'ai rencontré Simon, Stone et Trevor.

— Dans la rue…

Sa voix était posée, grave. Ella avait sans doute dû entendre son histoire ailleurs. Après tout Allison McCann avait publié de nombreux récits héroïques au sujet de Street Legal et de ces adolescents désespérés qui étaient devenus de grands avocats.

— Toutes les légendes au sujet de tes associés et toi sont donc vraies ? demanda Muriel.

Ronan acquiesça.

— Oui.

— Ça a dû être très dur.

Il gloussa, incapable de dissimuler l'amertume qui ne le quittait jamais vraiment.

— Parfois, vivre dans les rues est plus facile et plus sûr que vivre à la maison.

— Tes parents sont toujours ensemble ?

Il haussa les épaules.

— Je ne sais pas. On ne parle plus de ça, mon père et moi.

Ils se téléphonaient pourtant une fois par semaine et parlaient de météo, de sport, de travail… de tout sauf de son mariage. C'était la condition que Ronan avait imposée quand il avait trouvé le courage de recontacter son père.

— De toute manière, je ne veux plus entendre parler de ma mère.

— Mais je ne suis pas ta mère, protesta Muriel. Et je n'ai jamais trompé Arte.

— Je le sais, maintenant, soupira Ronan. Je suis désolé.

Hélas, de simples excuses ne suffisaient pas. Il devait se racheter, lui faire oublier tout ce qu'il lui avait fait subir. Pourrait-il obtenir son pardon, un jour ? Et pourrait-il se pardonner à lui-même ?

Muriel regarda Ronan en silence. Il se détourna d'elle et se dirigea vers la porte. Avait-il vraiment l'intention de partir, juste comme ça ?

— Lâche ! cria-t-elle.

Il s'immobilisa et lui lança un regard surpris par-dessus son épaule.

— Quoi ?

— Tu t'enfuis encore, comme tu l'as fait quand tu étais adolescent.

Il eut un petit rictus amusé et ses yeux noirs scintillèrent un instant.

— Tu crois que je te fuis ?

— Peut-être…

À moins qu'il ne tente de fuir ses responsabilités. Ou l'aveu qu'il venait de lui faire.

— Je ne pensais pas que tu voulais que je reste, reprit-il.

— Je n'aurais pas dû perdre mon calme comme ça.

— Tu es une femme passionnée, c'est tout, murmura-t-il en la couvant d'un regard enflammé.

Le cœur de Muriel se mit immédiatement à battre la chamade. Elle lui en voulait peut-être, mais il lui avait tant manqué… Tout son corps n'était qu'une enveloppe vide que lui seul savait combler.

Il s'approcha lentement. Était-il aussi troublé qu'elle ?

— Tu es la femme la plus passionnée que j'aie jamais connue…

— Quelle manière délicate de me traiter encore une fois de fille facile ! répliqua-t-elle en se raccrochant désespérément à sa colère.

Il valait mieux être folle de rage que de désir ! Ronan lâcha un petit éclat de rire.

— Je ne t'ai jamais traitée de fille facile.

— Menteur.

— J'ai simplement laissé d'autres personnes le faire, ajouta-t-il avec un soupir de regret. Je suis vraiment désolé pour tout ça.

— Ça veut dire que tu me crois, maintenant ?

Il ouvrit la bouche mais ne répondit rien. De toute évidence, il n'était pas plus sûr d'elle qu'elle ne l'était de lui.

Mais était-ce vraiment important, en cet instant ?

Elle avait trop envie de lui pour se soucier du passé. Aucun d'eux n'avait le pouvoir de changer ce qui était arrivé. Il était trop tard pour cela.

Et Muriel n'avait pas peur non plus de se retrouver entraînée dans un nouveau scandale. Elle n'était pas mariée, cette fois ; et elle ne se marierait plus jamais, puisqu'elle ne pouvait pas se fier à son jugement.

Quand on n'est même pas sûr de soi-même, il est préférable de ne pas prendre le risque d'aimer, non ? Dans ce cas, coucher avec Ronan n'était pas dangereux, tant que leur relation se limitait au sexe.

Et puis, Muriel voulait prendre sa revanche après toutes les horreurs qu'il avait confiées à la presse par le biais de McCann Public relations !

— Muriel, murmura Ronan.

Elle appuya un doigt sur ses lèvres pour le faire taire.

— Chut… Ne dis rien, si tu n'es pas absolument convaincu.

Il se tut.

Un regret envahit Muriel. Après tout, avec ce qu'il lui avait dit de sa mère, il n'y avait rien d'étonnant au fait qu'il ait du mal à la croire — surtout quand tant de personnes qui se prétendaient ses amis avaient témoigné contre elle.

Il glissa un doigt sous son menton pour lui redresser la tête. Elle ne s'était même pas rendu compte qu'elle avait baissé les yeux…

— Je suis désolé, dit-il de nouveau.

Elle haussa les épaules.

— Je ne te crois pas à cent pour cent, moi non plus, tu sais.

Après la trahison d'Arte et de tous ces gens en qui elle avait confiance, elle ne pouvait plus se fier à qui que ce soit. Encore moins à l'avocat qui avait représenté son ex-mari pendant le divorce !

Ronan grimaça.

— Je comprends, répondit-il.

— Peu importe. Ce soir, je me moque de la vérité et des mensonges, chuchota Muriel. Ce soir, je ne me soucie que du plaisir…

— Je peux te donner du plaisir, promit-il.

Alors, sans un mot de plus, il se pencha vers elle et l'embrassa. Enlacés, ils s'abandonnèrent une fois de plus à la fièvre de leur désir, le souffle court.

Ils avaient passé bien trop de temps sans s'embrasser ; quelques jours à peine qui avaient ressemblé à de longues années solitaires.

Sur ce point, au moins, elle pouvait faire confiance à Ronan : il était capable de lui donner du plaisir. Mais elle voulait plus que cela, ce soir. Elle s'arracha à son étreinte et recula d'un pas.

Ronan ouvrit les yeux pour la dévisager, les dents serrées, comme s'il craignait qu'elle ait changé d'avis. Elle lui prit la main et le guida jusqu'à la porte ouverte de sa chambre.

Il eut un petit rire de soulagement.

— Dois-je comprendre que tu acceptes mon offre ? demanda-t-il.

Comment aurait-elle pu refuser ?

— J'ai une proposition à te faire, moi aussi, dit-elle en le lâchant pour s'approcher de son placard. Laisse-moi te faire passer un très bon moment…

— Bette a créé un nouvel ensemble pour toi ?

Il ressemblait presque à un enfant qui a hâte de déballer ses cadeaux de Noël.

— Bette crée toujours de nouvelles choses.

D'ailleurs, Muriel elle-même était surprise de voir l'étendue de la créativité de son amie et de ses petits nœuds sensuels.

— J'ai l'impression qu'elle est particulièrement inspirée, en ce moment.

Grâce à Simon.

— Tant mieux pour moi, murmura Ronan dans son dos.

— Pas ce soir, répondit Muriel. Je ne pensais pas à un étalage de lingerie…

Elle attrapa les ceintures de ses deux robes de chambre et quelques foulards.

— Laisse-moi te montrer ma petite idée.

Les yeux sombres de Ronan trahirent sa surprise, et son sourire s'effaça.

— Qu'est-ce que tu as l'intention de faire avec ça ?

— T'attacher, bien sûr…

Il rit une nouvelle fois, mais sa tension était palpable.

— Pour faire quoi ? Prendre des photos de moi tout nu et les vendre à des tabloïds ? À moins que tu n'aies l'intention de m'abandonner là, sur ton lit ?

Oh ! s'il était attaché et nu sur son lit, elle n'aurait certainement pas envie de le laisser seul !

— Je veux t'attacher pour que tu ne puisses pas me toucher, répondit-elle. Je serai la seule à pouvoir bouger et à te donner du plaisir.

Ronan s'approcha et lui prit les liens improvisés des mains.

— C'est une question de contrôle, dit-il. Et tu le sais parfaitement.

Muriel sentit une vague de chaleur lui monter aux joues. Ronan était intelligent ; il était évident qu'il allait comprendre qu'elle voulait garder le contrôle et le soumettre à ses désirs.

Ce serait sa revanche pour tout ce qu'il lui avait fait : le rendre fou de désir et de frustration. Finalement, peut-être n'aurait-elle même pas besoin de l'attacher pour cela.

Après tout, il avait su lui faire perdre la tête chaque fois qu'ils avaient fait l'amour et il ne l'avait pas attachée pour cela.

Elle récupéra néanmoins les foulards et battit des paupières.

— Ronan, s'il te plaît…

Il sourit mais se montra inflexible :

— Non.

Il s'empara des liens, les roula en boule, les

lança dans le couloir et referma la porte de la chambre — comme s'il avait peur qu'elle essaye de les ramasser quand il aurait le dos tourné.

— Tu ne veux vraiment pas que je t'attache ?

— J'ai surtout très envie de te toucher, répondit-il.

Il s'exécuta immédiatement et entreprit de lui enlever son T-shirt. Tandis qu'il le jetait plus loin, les cheveux de Muriel retombèrent souplement sur ses épaules nues.

Elle n'avait pas pris la peine d'enfiler un soutien-gorge, ce soir-là.

— Désolée, pas de *Petits Nœuds de Bette*…

Il ne parut pas déçu. Au contraire, ses mains se refermèrent immédiatement sur ses seins découverts.

— Peu importe. Si j'avais su que tu ne portais rien là-dessous…

— Quoi ?

Il se pencha et effleura l'un de ses tétons de ses lèvres, puis répondit :

— J'aurais fait ça beaucoup plus tôt.

Il embrassa alors le deuxième.

Une vague de plaisir fit immédiatement frissonner Muriel. Oh ! qu'elle avait envie de lui !

— Alors, contente de ne pas m'avoir attaché, finalement ? murmura-t-il en descendant ses mains jusqu'à l'élastique de son pantalon de yoga.

Après l'en avoir débarrassée, il prit le temps de caresser ses fesses, nues elles aussi. Elle avait également sauté l'étape de la petite culotte.

— Je peux te donner tellement plus de plaisir quand je suis libre de te toucher.

Oui, mais quand il la touchait, elle perdait le contrôle — et c'était exactement ce qui était déjà en train d'arriver.

Ses jambes tremblaient et son cœur battait à toute vitesse. Elle n'était déjà qu'à une caresse de l'orgasme… Comment pouvait-il avoir un tel pouvoir sur elle ?

Et comment pouvait-elle avoir ce pouvoir, elle aussi ?

Elle le caressa à son tour. Il avait dû venir directement chez elle car il portait de nouveau son costume et sa cravate. Elle la dénoua et la tira du col immaculé de sa chemise. Puis, alors qu'elle tenait encore la bande de soie bleue hors de prix, elle le dévisagea.

— Ne te fais pas d'idées, la prévint-il.

Malgré son air sévère, Muriel perçut une pointe d'amusement dans sa voix. Il prit la cravate et la lança à l'autre bout de la pièce. Il n'avait vraiment pas confiance en elle.

Elle se contenta de hausser les épaules et s'attaqua aux boutons de sa chemise, dévoilant peu à peu son torse musclé recouvert d'un duvet soyeux. Puis elle lui enleva sa chemise et sa veste avant de se pencher sur sa ceinture. Ronan la lui prit immédiatement des mains et s'occupa lui-même d'enlever son pantalon, son boxer et ses chaussures.

À présent, il était nu, comme elle. Et il paraissait si triomphant dans sa nudité… Muriel ne put se retenir plus longtemps, elle se jeta sur lui et l'embrassa partout. Elle caressa ses fesses et ses cuisses puissantes, tout en s'agenouillant devant lui. Elle goba alors son sexe entre ses lèvres gourmandes et le suça fiévreusement.

Ronan gémit. Même sans lever les yeux sur lui, elle le sentait trembler de désir.

Inutile de l'attacher. Elle était capable de lui faire perdre le contrôle sans cordes et sans liens !

Mais il ne s'abandonna pas complètement à elle. Il recula juste avant qu'elle le fasse jouir, la souleva de terre et la poussa sur le lit. Elle rebondit sur le matelas, se cognant contre lui alors qu'il s'allongeait déjà au-dessus d'elle.

Très vite, ils ne furent plus qu'un amas de bras et de jambes. Leurs bouches, elles, se retrouvèrent et ils s'abandonnèrent à la langueur de longs baisers passionnés. Muriel sentit soudain les doigts de Ronan se glisser en elle, dans un va-et-vient hypnotique. Elle se cambra, gémit, traversée par un orgasme irrépressible.

Mais ce n'était encore rien, et elle le savait. Son amant était capable de lui apporter bien plus… Il s'écarta, le temps d'enfiler un préservatif, puis s'allongea de nouveau sur elle et la pénétra sans peine. Il passa les jambes de Muriel sur ses épaules pour entrer encore plus en elle.

Enfin, elle était de nouveau comblée, complète.

Elle glissa une main entre eux et tenta de le caresser, mais il lui prit le poignet et le maintint contre le matelas.

— C'est pour ça que je voulais t'attacher, murmura-t-elle, le souffle court.

— Si tu m'avais attaché, tu m'aurais déjà fait jouir et ça aurait été bien dommage pour toi…

Dommage ? Elle ne savait plus s'il lui donnait du plaisir ou s'il la torturait… Il se redressa un peu et poursuivit ses mouvements, se retirant au dernier moment et la privant d'une nouvelle jouissance.

Elle s'agrippa à ses fesses et le poussa de nouveau en elle, guidant ses coups de reins.

Soudain, il se retourna, l'entraînant avec lui. Elle se retrouva à cheval sur son grand corps musclé.

Il lui donnait le contrôle, comme elle l'avait voulu ; et elle en profita pour jouer avec lui à son tour. Elle se redressait, s'écartant complètement de lui, puis abaissait ses hanches pour qu'il la pénètre entièrement. Encore. Et encore…

Il gémit de nouveau, griffant le matelas, puis s'accrochant à ses hanches. Il n'eut pas besoin de la guider.

Elle connaissait le rythme. Avec lui, elle savait danser. Ils bougèrent à l'unisson quelques minutes, puis Muriel se crispa, incapable de se contrôler plus longtemps. Tous ses muscles se tendirent, son corps trembla, et elle s'abandonna au plaisir en criant le nom de Ronan.

Il la serra plus encore, traversé de spasmes à son tour.

Quand les vagues de l'orgasme s'apaisèrent, Muriel se laissa tomber sur le matelas. Elle avait tant eu besoin de ça — de lui. Satisfaite et comblée, elle ferma les yeux quelques instants.

Cependant, Ronan se leva très vite. Elle pensa qu'il voulait se rafraîchir, mais il ne se dirigea pas vers la salle de bains. Les paupières closes, Muriel entendit la porte d'entrée s'ouvrir et se refermer.

Elle l'avait accusé de vouloir s'enfuir et c'était exactement ce qu'il venait de faire… Est-ce qu'il la fuyait, elle ? Ou avait-il peur de ce qu'il ressentait quand ils étaient ensemble ?

Elle aurait voulu s'échapper, elle aussi, ignorer ses sentiments. Hélas, elle n'avait plus la moindre force tant la jouissance l'avait vidée de son énergie. Tout ce qu'elle ressentait encore, c'étaient les battements sourds de son cœur. Était-elle en train de tomber amoureuse de Ronan ?

Cela n'avait aucune importance : Ronan ne se laisserait jamais aller à écouter son cœur, il avait trop peur de l'amour. Muriel allait simplement finir comme toutes ses anciennes conquêtes. Seule et frustrée.

Après ce que Ronan lui avait raconté de son passé, elle comprit soudain qu'il n'était simplement pas capable d'offrir autre chose à une femme.

12

La main de Ronan tremblait quand il porta son verre d'eau à ses lèvres.

— J'aurais dû vous donner rendez-vous dans un bar, dit-il.

Il aurait bien eu besoin d'un petit remontant… Mais il avait demandé à ses amis de le rejoindre dans le bureau de Simon, et ils étaient à présent rassemblés tous les quatre autour de la table où avaient lieu leurs réunions du mardi matin.

Sauf qu'on n'était pas mardi.

Et que cette réunion n'avait rien de normal. De toute façon, depuis que Muriel avait déposé sa plainte au barreau, rien ne s'était déroulé normalement au bureau — en tout cas pas pour Ronan.

— Tu veux un verre ? proposa Simon en se levant pour ouvrir le bar installé au fond de son bureau.

On était samedi soir. Simon aurait dû être avec Bette mais, à cause de Ronan, il était là. Comme si Bette n'avait pas encore assez de raisons de le haïr… Elle n'était d'ailleurs pas la seule à le détester.

Muriel aussi lui en voulait. Et, en ce moment, il ne s'aimait pas beaucoup lui-même non plus.

— Je veux bien un verre, moi, lança Stone. Le procès commence la semaine prochaine.

— Tu es prêt ? demanda Trevor.

— Bien sûr. J'ai juste peur de tomber sur une mauvaise surprise, comme Ronan.

Ronan le comprenait bien : cela lui était arrivé bien trop souvent, ces derniers temps.

— Des pistes au sujet des fuites ? demanda Trevor.

Simon secoua la tête.

— Rien. Je n'arrive pas à savoir qui peut en être responsable.

Ce n'était pas bon signe ! Simon était le meilleur des quatre quand il s'agissait de jauger les gens. Si même lui s'était laissé abuser, cela voulait dire que la taupe était douée. Très douée.

Ronan, lui, avait été aussi naïf qu'un enfant ; il s'était laissé aveugler bien trop facilement par le tissu de mensonges d'Arte.

— C'est pour ça que je vous ai appelés, dit-il.

— Tu sais qui est la taupe ? demanda Simon, visiblement surpris, avant de soupirer. Ne me dis pas que c'est Muriel Sanz. Elle n'a pas accès à nos bureaux.

Ronan préféra ne pas leur dire qu'elle n'avait eu aucun problème à l'y retrouver, un week-end. Tout comme Simon, il était convaincu que ce n'était pas Muriel.

— Je ne sais pas qui c'est, non, répondit-il. Mais je m'inquiète pour l'étude.

— Pourquoi donc ?

— Je crains d'être bientôt radié, avoua-t-il, l'estomac noué.

— Tu ne savais pas que ces témoins mentaient ! protesta Stone. Et le barreau s'en rendra compte en menant son enquête. Tout ira bien, ne t'en fais pas.

— Street Legal s'en sortira, confirma Simon.

Il connaissait assez bien Ronan pour savoir qu'il n'avait pas peur que pour lui.

— Je me suis vraiment planté, soupira ce dernier.

— Ce type est un escroc, et il est fort, lui rappela Simon.

Ronan haussa les épaules.

— Quoi qu'il en soit, je suis allé beaucoup trop loin dans cette affaire. Je me suis servi de McCann pour traîner le nom de Muriel dans la boue.

Et il l'avait fait parce qu'il avait été convaincu qu'elle était comme sa mère. Inconsciemment, il avait peut-être attaqué Muriel pour se venger de la femme qui avait détruit son père. Comment avait-il pu être aussi naïf ?

— Il faut à tout prix que je convainque McCann de dire la vérité aux médias au sujet de Muriel, reprit-il.

C'était sa seule chance de réparer le mal qu'il avait fait.

— Si tu fais ça, le barreau va penser que tu étais au courant de cette affaire de parjure ! protesta

Stone. Tais-toi et laisse les choses se tasser toutes seules…

— Et modère tes ardeurs, ajouta Trevor. Tu étais censé séduire Muriel pour qu'elle retire sa plainte, pas la laisser te charmer.

Oui, elle l'avait charmé. Il ne pouvait pas le nier. Mais cela lui avait aussi permis de découvrir la vérité.

— Je me suis planté, répéta-t-il. Et je dois me racheter.

— Tu pourras le faire dès que la plainte sera retirée.

— Muriel n'acceptera jamais.

Et il ne pouvait pas la blâmer de se méfier de lui. Après tout ce qu'il lui avait fait, comment pouvait-il espérer gagner sa confiance ? Il était particulièrement bien placé pour savoir à quel point il était difficile de se fier à qui que ce soit. Pourquoi aurait-elle confiance en un homme qui l'avait déjà profondément blessée ?

Une vague de regret l'envahit. Il était navré de lui avoir fait du mal, mais ses remords ne suffisaient pas.

— Si elle ne veut pas retirer sa plainte, nous devons la faire annuler nous-mêmes, suggéra Simon.

En effet ; et Ronan avait déjà une petite idée.

— J'ai un plan, dit-il.

— Ton dernier plan n'a pas vraiment marché, non ? lui rappela Trevor. Tu aurais dû me laisser la séduire pour qu'elle retire sa plainte. Tu me laisses le champ libre, maintenant ?

— Non ! cria Ronan si fort que Stone le retint par le bras comme s'il craignait de le voir sauter à la gorge de Trevor.

Il était d'ailleurs tenté de le faire. Cependant, il parvint à prendre une profonde inspiration et à se rasseoir au fond de sa chaise.

— C'est Simon qui doit agir.

— Non, coupa Simon à son tour. Muriel est l'amie de Bette et je refuse de tromper Bette.

— Propose-lui un plan à trois, suggéra Trevor avec un sourire entendu. Ce serait amusant…

Simon lâcha une insulte à mi-voix, et Trev éclata de rire.

— Ne me dis pas que tu es incapable de gérer deux femmes en même temps !

— J'ai déjà du mal à en gérer une seule, soupira Simon.

— Rien à voir avec les femmes, intervint Ronan. Je veux que Simon séduise un homme…

— Quoi ? s'écrièrent ses trois amis en chœur.

— L'ex de Muriel, expliqua Ronan. Il est venu me voir l'autre jour, et j'ai l'impression que tu pourrais le faire parler, Simon.

— Il est gay ? demanda Trevor, visiblement abasourdi. Et il était marié à la « plus belle femme du monde » ?

Simon soupira et se contenta de murmurer :

— Escroquerie.

— Oui, exactement, confirma Ronan. Si on peut

le pousser à admettre clairement qu'il a demandé à tous ces témoins de répéter un texte appris par cœur, je suis certain que le barreau abandonnera son enquête sur moi.

— Je ne veux pas séduire un homme ! lança Simon.

— Inutile de le séduire, répondit Ronan. Tu n'as qu'à monter une arnaque et prendre l'escroc à son propre piège.

Simon ne parut pas convaincu, et Ronan ajouta d'un air moqueur :

— À moins que tu aies perdu la main et que tu ne te sentes pas à la hauteur…

Cette fois, ce fut lui que Simon insulta dans un souffle — mais avec le sourire.

— Il ne s'agit pas juste de sauver ta licence ou Street Legal, hein ?

— Bien sûr que si ! Quoi d'autre ?

— Muriel, répondit Simon. Tu es en train de tomber amoureux d'elle.

Ronan secoua furieusement la tête, étouffé par une panique soudaine. C'était bien pour cela qu'il avait fui l'appartement de Muriel, la veille — à cause des émotions qui avaient envahi son cœur, tout à coup. Il aurait voulu rester. Il aurait aimé la serrer dans ses bras et dormir avec elle jusqu'au matin. Il aurait adoré se réveiller et voir son visage en premier. De toute manière, il la voyait déjà tout le temps : elle occupait la moindre de ses pensées.

— Non, insista-t-il d'une voix pas aussi convaincue

qu'il l'aurait voulu. Je ne tombe amoureux de personne. Je veux juste réparer une injustice.

Et, une fois que ce serait fait, il s'efforcerait d'oublier Muriel Sanz pour de bon. Quand le problème serait réglé, quand il aurait soulagé sa conscience, il pourrait enfin effacer son visage de son esprit et de son…

Cœur ?

Non. Pas de son cœur. Jamais aucune femme n'avait su se frayer un chemin jusqu'à son cœur.

— Je veux juste en finir avec cette histoire, conclut-il dans un soupir.

Il pourrait alors reprendre une vie normale, séduire des femmes dans des bars pour passer une nuit de plaisir en leur compagnie et se concentrer sur son travail le reste du temps.

Hélas, cette normalité qui l'avait satisfait pendant si longtemps lui parut soudain étrangement creuse.

Le cœur de Muriel se mit à battre la chamade quand la sonnette résonna dans l'appartement. Ronan était-il revenu ?

Elle croisa les doigts. Leur soirée avait été merveilleuse, mais elle s'était achevée beaucoup trop vite. Il s'était enfui trop vite. S'il était resté…

Non. S'il était resté, elle aurait pu commencer à s'habituer à sa présence. Elle aurait été tentée d'imaginer un futur avec lui — et, ça, c'était impossible !

Ronan avait eu raison de fuir. Cela valait mieux pour eux deux. D'ailleurs, elle n'aurait pas dû se précipiter ainsi vers la porte. Mais elle avait tant envie de revoir son amant — malgré tout — qu'elle ouvrit sans même jeter le moindre coup d'œil dans le judas.

Ce qu'elle aurait dû faire, sans aucun doute possible.

Car, sur le seuil, se tenait le seul homme au monde qu'elle ne voulait plus jamais croiser de sa vie. Arte Armand.

Bon sang !

Elle fut tellement choquée par son aplomb qu'elle ne trouva rien à dire. Comment osait-il venir chez elle après ce qu'il lui avait fait ? Son silence dut le déstabiliser, car il se mit à bredouiller :

— Mu-Muriel, je... je sais que tu n'as pas envie de me voir, après tout ce qui s'est passé.

S'il s'attendait à ce qu'elle proteste, s'énerve ou pleure, c'était raté.

— En effet, je ne veux pas te voir, répondit-elle froidement, la gorge nouée.

À présent qu'elle se retrouvait face à lui, elle ne voyait plus l'homme tendre et amusant qu'elle avait cru aimer.

Elle ne voyait que le menteur qu'il était devenu. Avait-il toujours été ainsi ? Comment avait-elle pu se laisser aveugler à ce point ? Elle ferma les yeux, incapable de regarder ce visage si ridiculement attirant sans se sentir malade. Alors que les traits de Ronan auraient mérité d'être sculptés dans le marbre, Arte, quant à lui, ressemblait à une poupée de porcelaine, lisse et sans défauts. Son visage était si parfait qu'il était plus « mignon » que « beau ». Muriel était-elle si superficielle quand elle l'avait épousé ? Comment avait-elle pu se laisser charmer par cette apparence sans deviner quel caractère hideux elle cachait réellement.

Mais de quel caractère parlait-elle ? Pendant le divorce, elle avait bien eu le temps de se rendre compte qu'Arte n'en avait aucun…

— Je ne pensais pas que tu m'en voulais encore, dit-il avec une moue capricieuse.

N'avait-il pas conscience de l'enfer qu'elle avait traversé à cause de lui ?

— Je te demande pardon ? lâcha-t-elle. Est-ce que tu me prends pour une idiote ?

Elle avait dû l'être, pour tomber amoureuse de cet homme et pire : l'épouser… Mais elle avait pensé que le contrat de mariage saurait la protéger. Comment aurait-elle pu se douter qu'un homme comme Ronan Hall parviendrait à le contourner si facilement ?

— Tu n'es pas une idiote, répondit Arte. Au contraire, tu es très intelligente. Tu as su te servir de tout ça, de tout ce battage médiatique, pour pousser ta carrière au cran supérieur. Tu es la « plus belle femme du monde ».

Muriel grimaça. Elle commençait déjà à en avoir assez de ce titre. D'autant plus qu'elle ne le méritait pas : il y avait beaucoup d'autres femmes aussi belles qu'elle et capables de faire des choix plus futés… De quoi pouvait-elle se vanter ? De sortir avec des hommes manipulateurs sans jamais retenir sa leçon ?

Arte ne dut pas remarquer sa réaction, car il poursuivit sur sa lancée :

— Tout ça prouve bien que le vieil adage est véridique : il n'y a pas de mauvaise publicité.

Peut-être Allison McCann allait-elle pouvoir se servir de cette phrase pour sa nouvelle campagne de communication. Quoi qu'elle fasse, en tout cas, Muriel ne la laisserait plus jamais fourrer son nez dans sa vie, c'était certain !

— Je n'avais pas besoin de publicité, rappela-t-elle à Arte.

Elle décrochait des contrats réguliers de mannequinat depuis ses quatorze ans. Sa grand-mère avait travaillé comme couturière pour un créateur qui avait offert à Muriel son premier travail.

— Moi si, répondit Arte. Je suis enfin en train de monter la comédie musicale dont je te parlais tout le temps.

Qu'attendait-il ? Des félicitations ? Il avait sans doute financé cette production avec l'argent qu'il lui avait volé pendant le divorce.

Planté devant elle, il souriait comme un enfant qui essaie de convaincre sa mère de lui acheter un gâteau ou un chiot.

— J'avoue que j'aurais bien besoin d'un peu de publicité pour faire plus d'entrées, reprit-il d'une voix mielleuse.

Certes, il lui avait pris presque tout son argent, mais ce n'était sans doute pas suffisant pour monter un spectacle sur Broadway. Il avait sûrement dû se contenter de quelque chose de plus confidentiel.

— C'est pour ça que tu es venu ? demanda Muriel, abasourdie et dégoûtée par son culot. Tu veux que je parle de ta pièce ?

— Oui, ou que tu investisses dans la production…

Si jamais quelqu'un méritait une gifle, c'était bien son ex, en ce moment. Mais il n'inspirait plus aucune passion à Muriel. Avait-il déjà éveillé de réels sentiments chez elle ? L'attirance qu'elle avait autrefois cru ressentir pour lui n'était rien, comparée au feu que Ronan allumait dès qu'il la touchait.

Elle ne le gifla donc pas, mais ne se priva pas pour éclater de rire.

— Tu crois vraiment que je vais t'aider après ce que tu m'as fait ! Mais tu es complètement fou, ma parole !

Elle repoussa la porte avec l'intention de la lui claquer au nez, mais Arte la retint.

— Je t'en supplie, Muriel…

Pour la première fois elle vit une lueur de désespoir passer dans ses yeux. Le destin était-il enfin sur le point de la venger ? Arte allait-il perdre tout ce qu'il lui avait volé ?

— Pourquoi ne demandes-tu pas à Ronan Hall ce qu'il peut faire pour toi ? répliqua-t-elle.

Elle ne dit cela que pour entendre ce qu'il avait à dire au sujet de son ancien avocat.

— J'y suis déjà allé, avoua Arte. Il a dit que

l'accord qu'on avait trouvé pendant le divorce était définitif et que je ne pouvais rien obtenir de plus.

De nouveau, il afficha une moue capricieuse et enfantine.

— Pourtant, tu as bien profité de la publicité que tu as eue avec le procès, marmonna-t-il.

Il se comportait comme s'il avait été son agent et voulait une part du gâteau. Muriel eut soudain la nausée. Pourquoi n'avait-elle pas compris plus tôt que cet homme était une sangsue ? Comment avait-elle pu être aussi aveugle ?

Parce qu'elle avait toujours essayé de voir le meilleur chez les gens… contrairement à Ronan, qui ne voyait que le pire. Mais, dans ce cas, pourquoi n'avait-il pas percé Arte à jour, lui non plus ?

— Ronan a raison, confirma-t-elle. Tu n'obtiendras rien de plus de moi.

Jamais plus elle n'aiderait cette ordure — pour quoi que ce soit.

— Ronan m'a dit que tu avais déposé une plainte contre lui, au barreau…

Soudain, Muriel sentit son cœur s'emballer. Lequel des deux hommes avait appelé l'autre pour qu'ils se rencontrent ? Ronan ou Arte ?

Cela n'avait aucune importance. Tout ce qui importait pour Muriel, c'était d'apprendre enfin la vérité.

— Je suis prêt à témoigner contre lui, si tu me donnes un peu d'argent, suggéra Arte à mi-voix. Ou, si tu ne veux pas me payer, tu pourrais simplement parler de ma pièce pendant une interview, voire sur les réseaux sociaux.

Elle serra les poings. Cette fois, il dépassait vraiment les bornes, et elle commençait à avoir des idées meurtrières. Mais elle devait découvrir le fin mot de l'histoire.

— Que ferais-tu si je te payais ?

— Je dirais que Ronan était au courant de tout, qu'il savait que les témoins mentaient, répondit Arte sans hésiter. Je dirais même que c'était son idée. N'est-ce pas ce que tu veux ? Le faire radier ?

— Non. Je veux la vérité.

Savait-il au moins ce que ça voulait dire ? Il n'aurait pas reconnu la vérité même si on la lui avait pointée du doigt !

D'ailleurs, il parut se crisper, comme s'il craignait de tomber dans un piège à son tour.

— Je te proposerais bien de te payer pour que tu me la dises, reprit Muriel, mais même comme ça, je ne te ferais pas confiance. Tu pourrais te contenter de me dire ce que tu crois que je veux entendre…

Elle n'apprendrait rien de plus d'Arte Armand puisqu'elle ne pouvait pas se fier à ses paroles.

— Je suis doué pour ça, avoua-t-il. Pour dire aux gens ce qu'ils veulent entendre et leur montrer ce qu'ils veulent voir.

Soudain, le corps de Muriel se glaça. Elle n'avait pas été aussi stupide qu'elle le croyait, finalement ; elle avait été manipulée par un maître du mensonge.

Elle soupçonna aussi Ronan d'avoir été berné — et la confession d'Arte ne fit que confirmer ce qu'elle pensait.

— J'étais au courant de l'histoire de Hall et de son enfance. Je savais que sa mère avait trompé son père.

— Comment ?

— Les réseaux sociaux, bien sûr, répondit Arte avec un rictus désapprobateur.

Muriel n'avait jamais été passionnée par les réseaux sociaux, et son ex avait toujours trouvé qu'elle ne s'en servait pas assez. Mais elle ne voulait pas devenir un de ces mannequins qui passent leurs journées à prendre des selfies pour les poster en ligne. Si elle devait être prise en photo, elle préférait que ce soit fait par un professionnel.

— Un reporter de tabloïd a mis la main sur ce vieux scoop au sujet de son passé, expliqua Arte.

— Et tu t'en es servi ?

Comment avait-il osé utiliser la douleur de Ronan pour arriver à ses fins ? Plus il parlait, plus il dégoûtait Muriel.

D'autant plus qu'il paraissait presque fier de ce qu'il avait fait.

— Je savais qu'il était le seul avocat capable de faire annuler notre contrat de mariage… mais il avait besoin d'un peu de motivation.

Donc, Arte l'avait « motivé ».

— Pourquoi ? demanda-t-elle. C'est ça que je ne comprends pas : je croyais qu'on était amis.

Ils l'avaient été, en tout cas, avant leur

mariage. D'ailleurs, ils avaient toujours été plus amis qu'amants ; et Muriel commençait enfin à comprendre pourquoi.

— La vie ne me sourit pas autant qu'à toi, soupira son ex. Tu n'as jamais dû travailler pour obtenir quoi que ce soit : tout te tombe tout cuit dans le bec.

Le mannequinat. La célébrité. Même les documents accusant Ronan — et qui, de toute évidence, étaient faux. Finalement, tout arrivait sans qu'elle ait à lever le petit doigt.

Peut-être Arte avait-il raison après tout. Cependant, cela n'excusait pas ce qu'il avait fait.

— Ça ne suffit pas pour que je te pardonne, dit-elle sèchement.

Il soupira.

— Non, je sais, dit-il en tournant lentement les talons. J'ai eu tort de venir te voir.

— Oui, en effet.

Elle était pourtant contente qu'il soit passé. Elle avait au moins appris qu'elle n'avait pas été la seule à tomber dans son piège. Il avait également manipulé Ronan.

— Mais je dois dire que tu as raison sur un point, reprit-elle.

Arte fit volte-face.

— La mauvaise publicité, ça n'existe pas, lança Muriel. Je pense que tu devrais aller vendre ton scoop à la presse.

Son ex la regarda d'un air perplexe.

— Quel scoop ?

— La vérité, répondit-elle comme si c'était une évidence.

Mais, pour un homme comme Arte, la vérité n'avait rien d'évident.

— Dis-leur ce que tu m'as fait.

— Ça suffirait pour que tu me pardonnes ?

— Ne te soucie pas de moi.

De toute manière, il ne s'était jamais inquiété d'elle.

— Occupe-toi plutôt de ta comédie musicale : donne-lui l'attention qu'elle mérite.

— Mais je vais passer pour un salaud ! Les gens vont me haïr, s'écria-t-il, visiblement horrifié de devoir assumer le rôle auquel, sans hésiter, il avait condamné Muriel.

Il n'avait pas eu autant de scrupules quand il l'avait humiliée en l'accusant de toutes ces horreurs… Elle attrapa l'un des magazines qui traînaient sur la console de l'entrée et lui montra sa photo en couverture.

— On dirait que ce sont les méchants qui font vendre en ce moment…

Une bonne façon de résumer sa vie depuis que le scandale avait explosé.

Arte lui prit le magazine des mains et contempla la couverture en silence. Muriel le connaissait assez bien pour deviner qu'il se voyait déjà là, à sa place, sur la une en papier glacé. Finalement, il acquiesça, presque pour lui-même.

— Tu as raison… C'est ce que je dois faire.

Muriel comprit alors pourquoi tous ces témoins

avaient si facilement accepté de mentir à la barre. Certaines personnes sont prêtes à tout pour obtenir leur quart d'heure de gloire.

Heureusement pour elle, en cet instant, Arte faisait partie de ces personnes…

Il leva enfin les yeux du magazine et la regarda quelques secondes.

— Je dois aussi le faire pour toi. Je suis vraiment désolé, Muriel.

Elle en doutait, mais elle acquiesça néanmoins, comme si elle acceptait ses excuses. Puis, sans un mot, elle ferma la porte, rejetant à la fois Arte et son propre passé. Il était temps de tourner la page. Sur tout.

Y compris Ronan. Surtout Ronan, lui qui n'avait jamais laissé son passé derrière lui. Tout ce qu'il avait vécu enfant l'affectait encore et influençait chacune de ses actions. Jamais il ne ferait confiance à une femme et jamais il ne laisserait une de ses maîtresses avoir la moindre importance dans sa vie.

Et Muriel ne se satisfaisait plus de leur intimité physique.

Elle voulait aussi connaître l'intimité de son cœur — s'il en avait un.

Oui, il était grand temps d'oublier le passé. Et Ronan, par la même occasion.

13

Assis dans le bureau de Simon, Ronan regardait Arte Armand confesser tous ses mensonges sur le plateau d'une émission Internet.

— Comment as-tu réussi à obtenir ça de lui ? demanda-t-il à son associé d'un ton ébahi.

Pendant toutes leurs années passées dans la rue, Simon avait prouvé qu'il était doué pour manipuler les gens. Mais cela remontait à si longtemps… Comment avait-il gardé la main à ce point ? Ronan avait même l'impression qu'il s'était amélioré. Admiratif, il salua son ami.

— Ouais, lança Trevor depuis l'autre bout de la grande table. Qu'est-ce que tu lui as fait pour le convaincre de tout avouer comme ça ?

Simon haussa les épaules.

— Je ne l'ai même pas rencontré.

— Quoi ? lâcha Ronan, de plus en plus surpris. Pourtant, c'était le plan !

— C'était ton plan, lui rappela Simon, et ça n'aurait jamais marché.

— Tout comme tes projets de séduction, gloussa Trevor.

En effet, ça n'avait pas marché non plus. Mais, si Simon n'avait pas convaincu Arte de parler, comment expliquer cette confession inattendue ?

— Pourquoi a-t-il décidé de faire une chose pareille ?

— On s'en moque ! répondit Trevor. Tout ce qui compte, c'est que tu peux demander l'abandon de l'enquête du barreau, maintenant.

— Inutile, intervint Stone. J'ai entendu dire que la plainte avait déjà été retirée. Ils ont envoyé une lettre recommandée pour te prévenir.

Muriel avait-elle retiré sa plainte avant même d'avoir appris la vérité ? Lui avait-elle finalement fait confiance ?

Pourquoi ? Ronan n'avait rien fait pour cela.

— Il va s'expliquer, écoutez, reprit Simon.

De nouveau, la voix d'Arte résonna dans les haut-parleurs :

— J'ai vu Muriel, récemment.

Ronan ne put réprimer une grimace : était-il allé la voir pour lui demander de l'argent ? Ronan avait pourtant insisté sur le fait qu'il n'avait droit à rien de plus ! Si la vérité avait éclaté plus tôt, cet escroc n'aurait même pas eu droit à un sou lors du divorce.

Arte continuait, face à la caméra :

— Elle m'a fait comprendre que le meilleur moyen de me faire pardonner était de tout raconter au public.

— Je me demande si elle l'a payé pour ça, murmura Stone.

Ronan ne pouvait pas supporter l'idée qu'il ait volé un dollar de plus à Muriel.

— J'espère que non, répondit-il entre ses dents.

— Vous mentiez donc au sujet de votre mariage ? demanda le reporter.

Arte gloussa et croisa les jambes.

— J'ai menti sur bien des choses…

— Mais des témoins ont parlé à la barre pendant le procès. Ils ont raconté le détail des orgies.

— Ces choses-là ne sont jamais arrivées, reprit Arte d'une voix ferme.

— Pourquoi ces gens ont-ils menti dans ce cas ? insista le journaliste, manifestement peu convaincu.

Arte poussa un profond soupir.

— Je leur ai promis des choses… Des rôles dans la comédie musicale que je produis, par exemple, dit-il.

Sur ce, il se lança dans une longue promotion de son spectacle, et Simon coupa l'enregistrement.

— Maintenant, au moins, on sait pourquoi il a accordé cette interview, lança Stone. C'est de la publicité gratuite pour lui.

Sans doute, songea Ronan. En tout cas, ce n'était pas par bonté de cœur : cet homme était incapable de la moindre empathie !

— Qu'importent ses raisons ! intervint Trevor. Au moins, ça blanchit Ronan aux yeux du barreau.

Ronan s'agitait sur sa chaise, mal à l'aise. Il avait vraiment horreur de rester assis…

— Oui, je n'ai plus de soucis avec le barreau, mais le cabinet ne va-t-il pas souffrir du fait que je me sois laissé berner si facilement ?

Il se sentait particulièrement idiot après toute cette histoire.

Simon secoua la tête d'un air rassurant.

— Des gens qui mentent à leurs avocats et qui s'en tirent, ça arrive tout le temps ! dit-il. Tout le monde ment, Ronan.

Pas tout le monde. Pas Muriel. Elle avait dit la vérité dès le début. Ronan aurait dû l'écouter. Il n'aurait même jamais dû accepter l'affaire…

— J'espère que non, soupira Stone. J'espère que mon client dit bien la vérité.

— Pourquoi tant de cynisme, tout à coup ? demanda Trevor à Simon. Je croyais que tu étais amoureux.

— Je le suis, admit tranquillement Simon.

Comment avait-il pu changer à ce point ? Lui qui, autrefois, n'aurait jamais reconnu avoir le moindre sentiment — pour personne.

— Et Bette ne me mentirait jamais, reprit-il. Je parlais des clients, de notre boulot.

Tous quatre acquiescèrent en silence. Au fil des ans, ils avaient appris qu'en matière de justice les choses n'étaient pas noires ou blanches. Il y avait une infinité de gris au milieu…

— En tout cas, moi, j'ai toujours cru Bette, lâcha Simon. Et elle avait raison au sujet de Muriel.

— Oui, renchérit Ronan.

Muriel était aussi franche et honnête que sa seule véritable amie l'avait dit. Était-elle aussi capable de pardonner ?

Saurait-elle passer l'éponge sur ce que Ronan lui avait fait ? Lui-même n'était pas certain de pouvoir le faire un jour.

Les lampes qui encadraient le miroir de la loge brillaient, chaudes et claires. Néanmoins, Muriel ne put réprimer un frisson. Elle avait tellement froid, ces derniers temps — sans les caresses de Ronan, ses baisers. Sa passion.

Savait-il ce qu'elle avait fait ? Savait-il qu'elle avait retiré sa plainte ? Était-il tellement furieux qu'elle ait douté de lui, au début, qu'il ne pouvait lui pardonner ?

La vérité avait enfin éclaté au grand jour et elle était diffusée sur tous les réseaux sociaux. Même certains des journaux réputés qui avaient couvert le scandale du divorce reprenaient des éléments de l'interview d'Arte. Son ex avait enfin toute la publicité qu'il espérait.

D'ailleurs, Muriel n'était pas d'accord avec lui sur le fait qu'il n'existait pas de mauvaise publicité : l'accueil que le public avait réservé à ses aveux avait été particulièrement sévère. Et sa comédie musicale avait failli être annulée avant la première.

Il y avait même eu des menaces de procès contre lui et les témoins qui avaient menti sous serment.

Muriel aurait dû triompher, ou au moins se

sentir soulagée. De nouveau, son appartement prenait des allures de magasin de pompes funèbres, encombré de bouquets sur lesquels étaient épinglées des cartes de regrets. Tout le monde s'était excusé pour avoir cru les mensonges de son ex.

Tout le monde, sauf Ronan…

Cela faisait plus d'une semaine que Muriel ne l'avait pas vu — depuis le soir où il s'était enfui de chez elle juste après avoir fait l'amour. Avait-il eu peur en voyant qu'elle voulait l'attacher au lit ?

Pourtant, un homme tel que lui, réputé pour ses prouesses sexuelles, aurait dû aimer ce genre de petit jeu… Apparemment, il n'aimait que les situations qui lui permettaient de garder le contrôle.

Était-ce pour cela qu'il était parti si vite ? Parce qu'il avait peur de perdre le contrôle ?

Commençait-il à avoir des sentiments pour elle, lui aussi ?

Muriel se trompait-elle encore, comme avec Arte ? Ces derniers temps, il était devenu clair que son ex n'avait vu qu'une seule chose digne d'intérêt en elle : son argent.

Elle soupira et grimaça face à son reflet dans le miroir. La séance photo était terminée.

En fait, à en croire le silence qui régnait dans le studio, elle devait être la dernière à être restée là. Tant mieux. S'il y avait eu des reporters, dehors, ils avaient dû abandonner depuis un moment. En voyant tout le monde quitter le studio, ils avaient sans doute pensé qu'elle s'était faufilée par une autre porte — ce qu'elle aurait dû faire.

Mais elle n'avait pas voulu rentrer chez elle, dans cette boutique de fleuriste étouffante. Elle aurait pu appeler Bette pour sortir entre filles. Ou aller au restaurant avec les autres mannequins qui l'avaient invitée.

Son estomac gargouilla dans le silence de la loge et elle regretta soudain d'avoir refusé leur proposition. Mais, en réalité, elle n'avait plus beaucoup d'appétit ces derniers temps. En tout cas, elle n'avait pas faim de nourriture, c'était certain.

Elle avait faim de Ronan. Elle aurait voulu le voir, le croiser, même pour un instant.

La presse l'avait traqué, lui aussi. Un jour, il avait été surpris devant les bureaux de Street Legal. Muriel avait été fascinée par sa beauté, sur ces quelques images où il baissait la tête avant de s'engouffrer dans la limousine qui l'attendait, garée le long du trottoir.

Qu'aurait-il pu dire aux reporters, de toute manière ?

Qu'il avait commis une erreur ?

Est-ce qu'un homme aussi buté et orgueilleux que Ronan était capable de reconnaître ses torts ?

Muriel songea soudain qu'elle s'était également trompée sur son compte et qu'elle ne l'avait pas contacté pour s'excuser. Qui était le plus lâche des deux, en fin de compte ? Peut-être était-elle si habituée à ce que tout lui tombe tout cuit dans le bec — comme l'avait dit Arte — qu'elle n'avait pas envisagé de faire le premier pas.

Elle soupira de nouveau, le regard perdu, debout

face au miroir. Ce n'était plus elle qu'elle voyait mais Ronan…

Soudain, elle réalisa que ces yeux sombres et brûlants n'étaient pas juste le fruit de son imagination et s'écria :

— Qu'est-ce que tu fais ici ?

— J'attends que tu aies fini, répondit-il. Tous les autres sont déjà partis.

— Tu as assisté au shooting ? Je ne t'ai pas vu.

Pourtant, elle avait passé toutes ses séances photos à chercher sa silhouette dans l'ombre des studios, espérant qu'il s'invite de nouveau à un shooting.

— Je n'ai pas pu regarder, murmura-t-il.

Abandonnant son miroir, elle se tourna vers lui.

— Pourquoi ?

Cette séance n'était pas dédiée aux *Petits Nœuds de Bette*. C'était un shooting pour une publicité de parfum, et Muriel portait une robe de soirée…

— Je ne pouvais pas voir un autre homme te toucher comme ça, répondit Ronan, les dents serrées et les traits crispés. Pas comme ce mannequin te touchait…

Surprise, Muriel éclata de rire.

— Tu es jaloux ? lâcha-t-elle.

Comment un homme aussi sûr de lui pouvait-il être jaloux ?

À moins qu'il croie encore tous les mensonges à son sujet. Pensait-il qu'Arte avait menti pendant son interview ?

— Est-ce de la jalousie ? demanda-t-il avec une grimace amère. Je n'ai jamais ressenti ça avant.

— Vraiment ?

— Parce que je ne me suis jamais attaché à qui que ce soit.

Ce n'était pas exactement une déclaration d'amour ; mais, venant de Ronan, c'était presque aussi impressionnant. Muriel sentit son cœur s'emballer et eut d'un seul coup l'impression de manquer d'air. Elle inspira profondément, les lèvres entrouvertes.

En un instant, la bouche de Ronan vint se poser sur la sienne. Il l'embrassa avec fièvre, comme s'il voulait la consumer en un long baiser. Puis, soudain, il s'écarta, le souffle court.

— Pourquoi me fais-tu un tel effet ? demanda-t-il. Personne d'autre ne m'a fait perdre la tête comme ça, avant…

Elle aurait pu lui retourner la question, mais elle se contenta de sourire. Ces quelques mots suffisaient à réchauffer son cœur. Même si elle se méfiait des ragots et ne croyait en général que la moitié de ce qu'on lui racontait, Ronan avait eu des dizaines de conquêtes. C'était bon de savoir qu'elle sortait du lot à ses yeux.

— Tu n'as pas besoin d'être jaloux en ce qui me concerne, dit-elle pour le rassurer. Tu es le seul homme que je désire.

Il accueillit son aveu avec une soudaine crispation, et Muriel vit une ombre de peur traverser son regard. Elle ne l'avait pas rassuré. Elle l'avait effrayé…

Elle se rappela alors qu'il ne se permettrait jamais de tomber amoureux, de peur de finir comme son père.

Mais Muriel n'était pas la mère de Ronan. Et elle voulait qu'il le sache.

— Je ne sors jamais avec plusieurs hommes à la fois, reprit-elle, et, pour le moment, tu es le seul avec qui j'ai envie de dormir.

Pourtant, ils n'avaient jamais vraiment dormi ensemble : Ronan était toujours parti juste après avoir fait l'amour.

— C'est pour ça que tu as retiré ta plainte ? demanda-t-il.

Elle secoua la tête avec un petit sourire.

— Désolée, ce ne sont pas tes talents de séducteur qui m'ont convaincue.

— Pourquoi l'as-tu fait, alors ?

— Parce qu'Arte m'a dit la vérité.

— Tout comme il l'a dite au monde entier, remarqua Ronan, sans la quitter des yeux. Comment as-tu réussi à le convaincre de faire ça ?

Elle haussa les épaules.

— Il a dû comprendre que c'était le seul moyen pour lui d'obtenir un peu de publicité.

— Une mauvaise publicité ?

— Oui, admit-elle. Et qu'en est-il de toi ? Tu as eu des problèmes ?

— Mes associés m'ont traité d'idiot, répondit

Ronan, mais ça n'a pas affecté Street Legal. En fait, ça nous a même apporté de nouveaux clients.

— Tu as eu beaucoup de travail, alors ?

Elle cherchait des informations, trop anxieuse de savoir ce qu'il avait fait pendant cette semaine et pourquoi il n'était pas venu la voir. Clairement, elle aussi découvrait pour la première fois ce qu'était la jalousie.

Il acquiesça.

— Oui. Et puis, je n'étais pas sûr que tu veuilles me voir. J'avais un peu peur que tu ne me frappes, comme le premier jour, dans l'ascenseur.

Elle éclata de rire et embrassa sa joue, là où elle l'avait giflé.

— Pauvre bébé, murmura-t-elle d'une voix faussement maternelle.

— Je ne me plains pas : je l'avais mérité.

Puis, après un court silence, il ajouta :

— Je suis désolé.

— Arte t'a berné, comme moi.

D'une certaine façon, cela l'aidait à mieux supporter la situation. Si un homme aussi brillant que Ronan s'était fait avoir, elle se sentait moins idiote d'être tombée dans le piège de son ex.

En face d'elle, Ronan grimaça. Manifestement, cela ne lui plaisait guère d'avoir été la victime d'une escroquerie…

— Ce n'est pas qu'une question de mensonges, murmura-t-il.

— Je sais.

Mais elle n'avait pas envie de parler du passé

pour le moment. Son amant lui avait trop manqué, et tout son corps avait besoin de lui.

Néanmoins, elle se retourna et se plongea de nouveau dans la contemplation du miroir. Derrière elle, Ronan la regardait toujours.

— Muriel… ?

Comme elle avait dû rendre la robe qu'elle avait portée pour la séance photo, elle n'était plus vêtue que d'un peignoir. Elle avait été trop fatiguée, surtout après ses nuits blanches passées à penser à Ronan, pour trouver l'énergie de se rhabiller. Ses vêtements étaient entassés sur son sac, posé par terre sous la longue table de la loge.

Fixant Ronan des yeux, elle dénoua la ceinture de son peignoir et la fit lentement glisser dans les passants.

Ronan sourit et il murmura :

— Je ne te laisserai pas m'attacher, tu sais.

— Je ne comptais pas essayer, répondit-elle. Je veux juste sentir tes mains sur moi.

Elle ouvrit les pans du peignoir et le laissa glisser le long de ses épaules. Elle était nue, devant le miroir illuminé — et devant lui.

— Je veux que tu me touches ici, dit-elle en posant ses doigts sur ses lèvres pour les humecter, puis en les faisant descendre le long de sa gorge jusqu'à l'un de ses seins.

Elle effleura son téton, déjà tendu et dur, laissant glisser le bout humide de son doigt dessus. Un murmure sensuel lui échappa.

— J'ai vraiment envie que tu me touches ici…

Malgré son invitation, Ronan semblait paralysé. Debout derrière elle, il la regardait se caresser dans le miroir.

Elle descendit sa main sur son ventre, qui était plus plat que jamais après cette semaine de solitude pendant laquelle elle avait perdu tout appétit. Puis elle fit glisser ses ongles sur son sexe avant de trouver son clitoris. Excitée comme elle l'était, elle ne put retenir un gémissement auquel Ronan répondit.

Soudain, il retrouva le contrôle de son corps et posa ses mains sur les épaules de Muriel.

— On dirait que tu n'as pas vraiment besoin de moi, murmura-t-il à son oreille.

— Les apparences peuvent être trompeuses, répondit-elle.

Ils le savaient tous les deux, à présent, elle en était certaine. Plaçant ses mains sur celles de Ronan, elle les guida jusqu'à sa poitrine.

Ils se regardaient toujours dans le miroir. Muriel contempla Ronan qui jouait avec sa poitrine, caressait ses seins et poussait ses tétons à durcir plus encore sous ses doigts. À chaque gémissement qui lui échappait, les yeux de son amant se faisaient plus sombres, plus brillants. Elle sentait dans son dos ce grand corps chaud se crisper, palpitant de désir. Le sexe dressé de Ronan frémissait à chaque respiration contre ses fesses.

Il avait envie d'elle — besoin d'elle — lui aussi. Du moins, c'était ce dont elle voulait se convaincre, enivrée par son propre désir. Elle tenta de se retourner, mais Ronan l'en empêcha et la maintint en place. Puis, lentement et sans quitter leur reflet des yeux, il s'écarta d'elle pour ouvrir sa braguette et libérer son sexe étouffé par son pantalon.

Elle sentit pendant quelques instants ce membre chaud et doux glisser contre ses fesses, avant que Ronan enfile un préservatif.

Heureusement, il semblait aussi prudent qu'elle sur ce point. Mais peut-être qu'ils pourraient essayer sans préservatif, un jour… Seulement, cela impliquait une relation sérieuse, et ils n'étaient visiblement pas encore prêts à ce genre d'engagement.

Pour l'instant, en tout cas, tout ce que Muriel attendait de lui, c'était du plaisir. Et il lui en donna. Penché par-dessus son épaule, il déposa une série de baisers dans le creux de son cou. Elle tourna la tête pour trouver ses lèvres, et ils s'embrassèrent passionnément. Il lui avait tellement manqué. Elle était assoiffée en plein désert, et lui seul pouvait la soulager.

Soudain, elle sentit les grandes mains de son amant descendre sur sa taille et la soulever pour l'agenouiller sur la table de maquillage. Elle se laissa faire, installée ainsi face au miroir, avec ses fesses tournées vers lui. Sans un mot, il glissa ses doigts en elle avant de se pencher et de lécher son sexe déjà humide pour lui. Il fit cela avec une telle sensualité, tandis qu'elle le regardait dans le miroir, qu'elle ne put retenir son orgasme. Un petit cri de surprise lui échappa même : elle n'aurait jamais cru que la jouissance monterait si vite.

Ronan lui sourit, puis son regard retrouva de nouveau cette intensité embrasée, et il perdit tout contrôle. Il se plaça derrière elle et la pénétra.

Muriel eut un second hoquet surpris. Chaque fois, elle était ébahie de voir leurs corps se correspondre comme ça — si bien qu'on les aurait crus faits l'un pour l'autre. Et, même s'il s'était passé plusieurs jours depuis leurs derniers ébats, ils retrouvèrent instantanément leur rythme, comme s'ils avaient été ensemble depuis des années.

Entre deux coups de reins, les mains de Ronan se glissèrent jusqu'à la poitrine de Muriel, mais ses seins lui échappèrent. Il se concentra sur ses tétons, les pinçant doucement jusqu'à lui faire perdre une fois de plus toute maîtrise de son corps.

Elle avait l'impression d'être sur le point de se déchirer en deux, pas à cause des coups de reins fiévreux de Ronan, mais à cause du plaisir qui montait en elle et qui menaçait d'exploser à tout moment. Il glissa alors une main entre ses cuisses et caressa son clitoris.

Muriel jouit de nouveau, poussant un cri sauvage qu'elle ne put retenir. Le soulagement fut si brutal qu'elle en eut les larmes aux yeux et ne put contrôler les tremblements de son corps.

Heureusement pour elle, tout le monde avait déjà quitté le studio… Si quelqu'un l'avait entendue, il aurait sans doute appelé la police, de peur qu'on soit en train de l'assassiner.

Quelques secondes plus tard, Ronan se crispa aussi et cria son nom, avant de se relâcher, les cheveux humides de sueur et le front appuyé contre le dos de Muriel.

Reprenant peu à peu son souffle, il murmura d'une voix cassée par l'orgasme :

— Tu es vraiment incroyable…

Elle ne l'était pas, non. Mais ce qui se passait entre eux l'était. Pourtant, au départ, ce n'avait été qu'une attirance physique, trop forte pour qu'ils l'ignorent en dépit de leur colère et de leur méfiance. Cependant, chaque jouissance restait aussi intense que la précédente. Leur attirance ne s'étiolait pas ; elle se renforçait, au contraire.

Ronan devait s'en apercevoir, lui aussi, car elle surprit un étrange éclat au fond de ses yeux quand il redressa la tête. Un éclat de peur…

Était-ce sa peur à lui, ou à elle ? Car elle non plus n'était pas tranquille. Elle aussi avait peur. Peur de tomber amoureuse d'un homme qui n'ouvrirait jamais son cœur à qui que ce soit.

Elle fut soudain contente qu'il soit venu la rejoindre ici et pas chez elle car, cette fois, c'était elle qui avait envie de s'enfuir. Hélas, cela ne ferait sans doute pas disparaître les sentiments profonds qu'elle avait pour lui.

14

Ronan relut l'adresse que Muriel lui avait envoyée sur son portable et se demanda s'il ne s'était pas trompé.

Voulait-elle vraiment le retrouver dans cette petite maison du Bronx ? Et pour quelle raison ?

Ce n'était pas son appartement. Était-ce une sorte de donjon sadomaso ? Elle avait sincèrement l'air de vouloir l'attacher… Devait-il sonner ? Ou frapper ?

Soudain, un chien aboya derrière la modeste façade de la maison. Il dut alerter Muriel car elle lui ouvrit rapidement la porte, souriante.

— Tu es venu, s'écria-t-elle.

Placé comme il l'était, au bas des marches du perron, il était tout juste à sa hauteur et pouvait admirer de près son beau visage. Il se pencha et l'embrassa, murmurant dans un souffle :

— Comment aurais-je pu résister à l'envie de te faire l'amour… ?

Elle rougit, et ses pupilles se dilatèrent. Oh ! comme il avait envie d'elle !

— Ton ami est là ? lança une voix d'homme depuis l'intérieur de la maison.

En un instant, Ronan sentit tous ses muscles se tendre.

— Fais-le entrer, Muriel, ajouta une voix de femme musicale.

Ronan eut soudain un affreux soupçon. Arte et ses amis avaient-ils vraiment menti au sujet de toutes ces orgies ?

— Où sommes-nous ? demanda-t-il, méfiant.

Et pourquoi lui avait-elle donné rendez-vous ici ?

— On est chez moi, répondit-elle avec un nouveau sourire.

— Tu as acheté une maison ?

Avec tout l'argent qu'elle devait gagner maintenant, elle aurait certainement pu s'offrir mieux que ça !

En face de lui, Muriel éclata de rire.

— Non ! C'est la maison de mes grands-parents, expliqua-t-elle. Chez moi…

Il comprit alors ce qu'elle faisait ici, dans le Bronx. Mais pourquoi l'avoir invité ?

— Tu voulais vraiment que je te retrouve ici ?

Peut-être avait-il mal lu son texto. Peut-être lui avait-elle simplement dit où elle était parce qu'il lui avait demandé si elle était chez elle. Gêné, il recula d'un pas.

— Je peux partir.

— Non, dit-elle en l'entraînant en haut des marches. Je t'ai invité. Je veux que tu partages notre repas du dimanche.

Le souffle court, Ronan fit de son mieux pour contrôler la vague de panique qui montait en lui — et pas seulement parce qu'il avait horreur des petits chiens comme celui qui s'était précipité à sa rencontre pour gambader autour de ses jambes. Ronan n'aimait pas les familles.

Quelles qu'elles soient…

Il avait haï la sienne et n'en avait encore jamais rencontré d'autre qui le mette à l'aise, qui lui donne un sentiment d'appartenance — même celles qui paraissaient parfaites, vues de l'extérieur.

Baissant la voix pour n'être entendu que par Muriel, il chuchota :

— Pourquoi m'as-tu invité ?

Une ombre déçue passa dans ses yeux verts qu'il avait vus animés de tant de passion.

— Je voulais te les présenter, répondit-elle.

— Tu aurais dû me demander d'abord, répliqua-t-il.

— Non, coupa-t-elle froidement. Je voulais que tu saches pourquoi le procès m'a fait tant de mal. Que tu comprennes.

D'un seul coup, il comprit, en effet. Ils avaient fait l'amour tous les jours, depuis leurs retrouvailles dans la loge, et pourtant Ronan n'était pas certain que Muriel lui ait pardonné. Deux semaines s'étaient écoulées, ce qui était particulièrement long pour Ronan. Jamais il n'avait passé autant de temps avec une femme…

Sans doute étaient-ils arrivés au point où toute femme veut présenter son compagnon à sa famille.

Comment le savoir, puisqu'il n'avait jamais eu ce genre de relation ? D'ailleurs, il n'avait toujours pas l'impression de former un vrai couple avec Muriel.

De toute évidence, elle ne lui avait pas encore pardonné ; et il ne pouvait pas la blâmer pour ça.

— Tu m'as tendu un piège ? demanda-t-il dans un souffle, de peur d'être entendu par les grands-parents. Ils doivent me haïr autant que toi au début.

Le haïssait-elle encore ?

— Je leur ai expliqué tout ce qu'Arte avait fait, répondit-elle en retrouvant un peu de sa douceur. Je leur ai dit qu'il t'avait menti, tout comme à moi.

Ronan acquiesça. Elle pouvait dire ce qu'elle voulait, cela n'excusait pas tout ce qu'il lui avait fait subir. C'était bien pour ça qu'il ne s'attendait pas au pardon de ses grands-parents. Pourtant, en dépit de ses inquiétudes, il n'écouta pas la petite voix qui lui criait de partir en courant.

Quoi que lui diraient ces gens, il l'avait mérité. D'ailleurs, peut-être Muriel comprendrait-elle qu'ils n'avaient aucun avenir ensemble en voyant que sa famille ne pouvait lui pardonner.

Un silence pesant s'était installé entre eux depuis qu'ils avaient quitté la maison de ses grands-parents. La conversation ne s'était pourtant pas interrompue une seule fois pendant le repas. Ronan avait usé de son charme. Sa grand-mère s'était laissé séduire. Son grand-père avait gentiment plaisanté.

Cela faisait très longtemps que Muriel ne s'était pas autant amusée et elle avait eu l'impression que Ronan avait passé un bon moment, lui aussi. Il avait mangé. Il avait bu. Il avait ri et souri.

Mais il ne l'avait jamais regardée, elle…

Était-il en colère ?

Certes, elle lui avait tendu une sorte de piège, comme il l'avait dit en arrivant. Mais, si elle lui avait révélé que cette adresse était celle de ses grands-parents, il ne serait jamais venu. Elle n'avait pas eu le choix.

— Je suis désolée, dit-elle pour briser le silence. J'aurais dû t'en parler.

Elle lui jeta un rapide coup d'œil. Il tenait le volant d'une main raide, les dents serrées.

— Tu aurais dû me demander, corrigea-t-il sans quitter la route des yeux.

Ses mains serraient tant le volant que ses articulations commençaient à blanchir.

— Tu aurais refusé, répliqua-t-elle.

— Oui, certainement.

Cette fois, il lui lança un regard rapide. Ses yeux sombres étaient emplis de tristesse et de regret.

— Je ne suis pas le genre d'homme que les femmes veulent présenter à leur famille.

Muriel sentit ses joues s'enflammer.

— Je te l'ai déjà dit : ce n'est pas pour ça que je t'ai invité ! Je voulais juste te montrer pourquoi ce que tu as fait m'avait autant blessée.

— Parce que la curiosité des médias les a affectés, eux aussi.

Elle acquiesça, la gorge nouée.

— Des reporters sont venus camper devant leur porte pour leur poser des tas de questions plus qu'indiscrètes concernant ma vie et mon éducation.

— Pourquoi t'ont-ils élevée ? demanda soudain Ronan. Tu ne m'as jamais dit comment ils étaient devenus tes tuteurs légaux.

Comme tant de choses, dans la vie de Muriel, c'était arrivé sans prévenir, par accident.

Elle poussa un profond soupir.

— Ma mère était très jeune quand elle est tombée enceinte. Elle n'était qu'une adolescente tombée sous le charme d'un garçon plus âgé. Il s'est engagé chez les marines et n'est jamais revenu.

— Je suis désolé, lui dit-il en tendant une main dans sa direction.

Elle le repoussa froidement. Elle n'avait pas besoin qu'il la réconforte !

— Il n'est pas mort, reprit-elle. Il n'est juste jamais revenu dans le Bronx. Quand ma mère a compris qu'il l'avait quittée, elle a voulu partir, elle aussi. Elle a décidé d'entrer à la fac et mes grands-parents ont promis de s'occuper de moi.

— Mais ta mère n'est pas revenue non plus ? demanda Ronan.

— Non. Elle s'est installée sur la Côte Ouest. Elle m'envoie des lettres, des cartes postales et me téléphone, parfois. Mais mes grands-parents sont mes vrais parents. Ce sont les personnes que j'aime le plus au monde et qui m'aiment le plus.

— Pourquoi as-tu voulu me montrer tout ça ? Pour que je m'excuse encore ?

Il avait déjà présenté ses excuses à ses grands-parents — plusieurs fois.

— Je t'ai déjà dit que je reconnaissais mes torts. Qu'est-ce que tu attends de plus ?

Son cœur… Muriel voulait son cœur ; mais elle savait pertinemment qu'il ne l'offrirait jamais de son plein gré. Il n'allait pas lui tomber tout cuit dans le bec, comme tout le reste. Si elle voulait son cœur, elle allait devoir travailler pour l'obtenir.

— Je voulais juste que tu voies que je ne suis pas une mauvaise personne, répondit-elle. Je ne passe pas ma vie à gifler les gens, à porter plainte et à…

— Faire l'amour dans des ascenseurs ?

Muriel perçut, soulagée, une pointe d'humour dans sa voix. C'était bon signe.

— Voilà, dit-elle. Avant cette histoire, je n'avais jamais agi ainsi.

— Je sais. Enfin, je ne savais pas pour l'ascenseur, mais pour le reste, oui.

Sans doute les éloges des grands-parents de Muriel avaient-ils été utiles, rappelant à Ronan que leur petite-fille était une femme gentille et raisonnable. Mais ce n'était pas cette facette d'elle que Ronan aimait le plus. Celle qu'il voulait voir, c'était la Muriel passionnée de l'ascenseur.

Avait-elle fait une erreur en lui présentant ses

grands-parents ? Serait-il encore capable de la regarder avec le même désir brûlant qu'avant ?

Elle glissa une main sur sa cuisse et sentit immédiatement ses muscles se crisper. Elle sentit son érection, contre sa braguette.

— Muriel…

Ce murmure avait tout d'une mise en garde mais elle l'ignora, le caressant davantage.

— Tu tiens vraiment à avoir un accident ?

Oh non, mais elle voulait le voir perdre le contrôle de ses émotions… Elle le voulait, lui. Ils pouvaient faire l'amour autant de fois qu'ils le souhaitaient, elle ne serait jamais rassasiée et lui seul savait contenter ses désirs.

— Tu es bon conducteur, dit-elle simplement.

Ronan eut un petit rire.

— Comment peux-tu dire ça ? On n'avait jamais pris la voiture, avant.

C'était vrai. Ils avaient passé énormément de temps ensemble, durant les deux semaines qui venaient de s'écouler, mais ils s'étaient contentés de faire l'amour — et rien d'autre. Ils n'étaient même pas allés au restaurant, préférant se faire livrer. Ils n'étaient pas allés au cinéma, au théâtre ou au concert. Leur seul divertissement avait été le sexe…

Muriel avait pris l'habitude de vivre à l'écart, cachée, pour fuir les journalistes après le divorce. Du coup, elle n'avait vu aucun problème à voir Ronan en secret. Cependant, les médias la pourchassaient moins, ces derniers temps…

Ronan et Muriel pouvaient donc se montrer ensemble en public. Pourtant, au lieu de prendre la direction du centre-ville, Ronan se gara près d'une zone boisée. La route étroite qu'il avait empruntée avait peut-être conduit quelque part, autrefois, mais elle n'était manifestement plus utilisée. Son tracé disparaissait presque sous les mauvaises herbes. D'ailleurs, Ronan n'était pas allé bien loin et s'était arrêté dès qu'il était arrivé hors de vue de la rue. Sans un mot, il coupa le moteur.

Muriel savait pourquoi il s'était arrêté là — et ce qu'il voulait. Elle avait envie de la même chose et décida de remettre ses soucis à plus tard pour se concentrer sur son désir brûlant.

Ronan recula son siège au maximum et hissa Muriel sur ses genoux. Il n'y avait plus rien entre eux pour les séparer. Guidée par son amant, Muriel se retrouva dos à lui, face au pare-brise. L'obscurité gagnait peu à peu les bois et, très vite, la vitre ne leur renvoya plus que le reflet de leurs propres visages — exactement comme le miroir de la loge.

Et tout comme lorsqu'ils s'étaient retrouvés devant le miroir, ils se regardèrent un long moment, attentifs au moindre soupir de désir et de plaisir qui s'échappait de leurs lèvres entrouvertes. Muriel portait une robe si courte qu'elle s'était déjà retroussée toute seule au-dessus de ses hanches. Ronan descendit sa culotte sur ses cuisses pour glisser ses doigts en elle. Son autre main alla plus loin sous sa robe pour remonter son soutien-gorge sans bretelles et libérer sa poitrine. Tandis qu'il jouait avec son téton, il continuait ses va-et-vient entre ses cuisses. Bientôt, Muriel sentit son souffle s'accélérer, et les vitres de la voiture s'embuèrent. Elle ne se voyait plus dans le pare-brise. Elle ne voyait plus Ronan.

Elle pouvait juste sentir le corps de son amant, deviner à ses mouvements qu'il ouvrait sa braguette et enfilait un préservatif avant de la pénétrer. Il la souleva avec douceur pour qu'elle puisse se laisser redescendre sur son sexe dressé. Il l'emplissait à la perfection, comme s'il avait été façonné pour elle.

La tension qui avait habité Muriel depuis le repas éclata d'un coup, et elle s'abandonna à l'orgasme dans un violent spasme. Ronan se crispa à son tour sous elle, et perdit le contrôle, criant son nom en jouissant. Les forces de Muriel l'abandonnèrent, et elle s'affala contre le volant, appuyant par accident sur le klaxon.

Ronan lâcha un juron et la repoussa.

— Bon sang, on pourrait nous voir !

Muriel, qui s'était laissée aller avec délices quelques instants plus tôt, fut soudain envahie par un élan de rage.

— En quoi ce serait si terrible ? s'écria-t-elle. Tu as peur d'être vu avec moi ?

— Qu'est-ce que tu racontes ?

Elle se rhabilla rapidement et retourna sur le siège passager, furieuse.

— Tu ne m'emmènes jamais nulle part et nous ne sommes jamais sortis ensemble en public !

Sa voix résonna dans la voiture, et elle eut soudain l'impression d'être devenue une épouse jalouse, aigrie.

— Tu n'as pas vraiment été satisfaite de la publicité que je t'ai apportée jusqu'à présent, répondit Ronan. Je ne pensais pas que tu avais envie qu'on nous voie ensemble.

Muriel grimaça malgré elle. Il avait raison. Les médias commençaient à peine à oublier le scandale du divorce et les aveux d'Arte. Si elle s'affichait en public au bras de l'avocat qui avait représenté son ex, elle risquait de réveiller le dragon endormi…

Sans attendre sa réponse, Ronan poursuivit :

— De toute façon, ce n'est pas comme si on sortait ensemble.

Muriel accusa le coup. Elle n'aurait pas été plus choquée s'il l'avait soudain frappée au visage.

— Et que fait-on, alors ? lâcha-t-elle, plus pour elle-même que pour lui.

Ronan savait ce qu'il faisait : il s'amusait, sans réfléchir au lendemain, comme toujours…

Muriel, elle, ne s'amusait pas. Elle était tombée amoureuse. Et, une fois de plus, elle n'avait pas choisi un homme digne de son amour. Au moins, Ronan jouait franc jeu avec elle — c'était un progrès. Il lui avait dit depuis le début qu'il n'était pas capable de rester longtemps avec la même femme.

Cependant, pour un homme qui savait ce qu'il

faisait, il parut soudain étrangement hésitant. Au lieu de lui répondre du tac au tac, il ouvrit plusieurs fois la bouche et la referma, comme s'il ne trouvait plus ses mots.

— Je suis désolée, murmura Muriel.

— Désolée ? Pour quoi ?

Elle soupira, la gorge nouée.

— Je n'aurais pas dû te demander de me raccompagner chez moi. Tant qu'on ne sera pas arrivés, tu ne pourras pas t'enfuir.

Ronan la dévisagea quelques instants d'un air sincèrement confus.

— De quoi parles-tu ?

— Tu as l'habitude de fuir dès qu'on a fini de faire l'amour, expliqua Muriel. Mais, cette fois, tu ne peux pas le faire, à moins de me jeter dehors et de me laisser traverser la ville à pied.

— Jamais je ne ferais une chose pareille ! protesta-t-il.

Néanmoins, il redémarra, fit marche arrière pour rejoindre la rue et se mit à conduire le plus vite possible. Il était clair qu'il avait hâte de la laisser devant son immeuble et de se retrouver seul.

— Je n'aurais pas dû te présenter mes grands-parents, reprit Muriel après un court silence. J'espérais un peu que tu verrais à quel point ils sont uniques et que tous les mariages ne sont pas condamnés à mal finir.

— Pourtant, la plupart s'écroulent tôt ou tard, répondit-il froidement. Je suis spécialisé dans les divorces, ne l'oublie pas.

— Je n'ai pas oublié. Mais, dans ton travail, tu ne vois que les mariages qui finissent mal. Pas les autres.

Ronan lâcha un petit rire cynique.

— Je pourrais te montrer les statistiques, si tu veux. Mais, vu ton passé et ton mariage qui s'est révélé être une escroquerie, je ne pensais pas avoir besoin de te rappeler la réalité des choses. Comment pourrais-tu envisager de te remarier un jour, après ce qui t'est arrivé ?

Il ponctua ce discours par un frisson de dégoût.

— Je ne pensais pas me remarier, au début, admit Muriel. Arte m'a fait douter de moi-même, de la manière dont je choisis mes compagnons et mes proches. Mais Bette est devenue une amie si intime et si loyale…

Elle ravala les larmes qui lui montèrent soudain aux yeux. Ces derniers mois, elle avait appris que ce n'était pas le nombre des amis qui en faisait la qualité.

— J'ai toujours eu de la chance, de ce côté-là, répondit Ronan d'une voix pensive. J'ai de très bons amis.

— Du coup, si tu penses que l'on peut choisir de bons amis, pourquoi serions-nous incapables de choisir de bons conjoints ?

Ronan lui jeta un petit coup d'œil en coin avant de se concentrer une fois de plus sur la route.

— Je ne veux pas de conjointe, dit-il. Je n'ai absolument pas l'intention de me marier. Si tu pensais que je demanderais ta main après avoir rencontré tes grands-parents, tu t'es trompée.

Cette fois, ce fut à elle de laisser éclater son cynisme.

— Seigneur, non ! Je ne veux pas t'épouser : on n'a même pas eu de vrai rendez-vous, tous les deux !

Et c'était exactement ce qu'elle voulait de lui. Pas une demande en mariage — juste un rendez-vous. Une vraie relation qui aurait un jour une chance de déboucher sur quelque chose, quand ils seraient prêts à prendre un risque ensemble.

Mais, de toute évidence, Ronan ne serait jamais prêt. Pas avec elle, en tout cas.

Ils restèrent silencieux pendant tout le reste du trajet. Arrivé devant l'immeuble de Muriel, Ronan se gara en double file près d'un taxi. Il n'avait apparemment pas l'intention de la raccompagner jusqu'à sa porte. Elle sortit de la voiture avant même qu'elle soit complètement arrêtée.

— Ne t'en fais pas, lâcha-t-elle, je n'ai pas l'intention de t'attacher, ni à mon lit ni à ma vie.

— Muriel…

— En fait, tu peux même considérer que je te libère pour de bon, ajouta-t-elle en claquant la portière.

Ronan sortit à son tour et l'appela par-dessus le toit de la voiture :

— Muriel !

Elle prit une profonde inspiration, rassembla son courage et se retourna vers lui.

Il paraissait sincèrement perdu.

— Je ne comprends pas. Je croyais que tu aimais…

Il jeta un rapide coup d'œil dans la rue animée, comme s'il avait encore peur qu'on les écoute.

Mais les passants étaient bien trop occupés par leurs propres vies pour prêter attention à leurs disputes — et il n'y avait pas un seul journaliste en vue.

Muriel n'était plus d'actualité. Tout comme leur liaison, hélas.

— Eh bien je n'aime plus ça, répliqua-t-elle.

Il lui faisait du mal chaque fois qu'il s'enfuyait et la laissait seule. Pour une fois, c'était à elle de tourner les talons…

Malheureusement, elle savait très bien que quitter Ronan ne changerait rien. Elle aurait pu faire le tour du monde, sa douleur l'aurait suivie pas à pas. Elle était encore une fois tombée amoureuse d'un homme qui ne serait jamais capable de l'aimer en retour.

15

— Tu es sûr qu'elle voulait que je vienne ? demanda Ronan face à la dernière chaise vide, au premier rang.

C'était sans doute le seul siège encore disponible dans tous les gradins : partout, on ne voyait que le public bruyant qui attendait le début du défilé. Ronan avait de la chance que Simon lui ait gardé une place… mais il n'était pas certain que ce soit une bonne idée.

— Qui ? demanda Simon. Muriel ?

À l'évocation de son prénom, Ronan sentit son cœur se serrer et il eut soudain du mal à reprendre son souffle.

— Ne t'en fais pas, reprit son ami. Muriel ne sait pas que tu es là.

Ronan n'en doutait pas. Si elle l'avait su, il n'aurait sans doute pas pu franchir le cordon de sécurité en dépit du pass délivré pour les quatre associés du cabinet. Trevor et Stone étaient d'ailleurs déjà assis de l'autre côté de Simon.

— Je parlais de Bette, précisa donc Ronan. Elle

ne fait pas vraiment partie de mes groupies et c'est son défilé.

Le spectacle marquait le lancement officiel de sa marque de lingerie. Elle avait travaillé dur pour en arriver là, et Ronan ne voulait pas gâcher son triomphe.

— Si tu faisais l'effort de devenir un de ses fans, peut-être qu'elle te rendrait la pareille, suggéra Simon.

Ronan s'affala sur son siège.

— Je suis déjà fan : j'aime beaucoup son travail.

Simon éclata de rire.

— Tu as déjà vu ses ensembles ? Ah oui, bien sûr, quand tu as séduit Muriel…

Ronan n'était pas sûr d'avoir vraiment « séduit » Muriel. En tout cas, il était tombé sous son charme, c'était certain — et il n'arrivait plus à dompter son désir pour elle.

Il s'était pourtant écoulé presque deux semaines depuis qu'elle l'avait quitté, devant son immeuble. Quitté ? Était-ce vraiment le mot, étant donné qu'ils n'avaient jamais vraiment été ensemble ? Comme elle l'avait dit, ils n'étaient même jamais sortis lors d'un vrai rendez-vous. Ronan aurait dû l'emmener quelque part — au restaurant ou ailleurs. En tout cas, il aurait au moins dû le lui proposer… au lieu de croire qu'elle n'avait pas envie d'être vue avec lui.

Hélas, il ne l'avait pas fait, et Muriel avait fini par avoir une mauvaise opinion de lui, convaincue qu'il avait honte d'elle ou quelque chose de ce genre-là.

Et ce n'était pas sa seule erreur. Ce jour-là, elle avait eu l'air de croire qu'il voulait plus que du sexe… Et c'était absurde !

Bien sûr, il avait passé de bons moments avec elle ; et il avait vraiment apprécié le déjeuner chez ses grands-parents. C'étaient des gens adorables, aussi amusants et honnêtes que Muriel.

Soudain, des doigts claquèrent devant ses yeux. Trevor était penché devant Simon et dévisageait Ronan avec insistance.

— Qu'est-ce qui ne va pas ?

— Il a eu un blanc en pensant à Muriel, répondit Simon comme s'il comprenait parfaitement ce qui se passait.

De l'autre côté de Trevor, Stone gloussa.

— Ce n'est pas parce que tu fais pareil quand tu penses à Bette que Ronan est tombé amoureux, lui aussi !

À cette idée, Trev éclata de rire.

— Ronan ? Amoureux ? La fin du monde approche !

— Pourquoi ? rétorqua Ronan, surpris lui-même par sa violence. Pourquoi est-ce que ce serait la fin du monde ?

Stone se leva brusquement et l'étudia d'un air sincèrement inquiet.

— Tu es sûr que tu vas bien ?

Non. Ronan n'allait pas bien depuis le jour où Muriel était sortie de sa voiture et lui avait dit qu'elle ne voulait plus le voir.

— Tu dis toujours que l'amour est un piège, lui

rappela Trevor. Comment est-ce que tu pourrais tomber amoureux de quelqu'un ?

— Je disais la même chose, murmura Simon. Maintenant, je connais la vérité...

Et Ronan la connaissait aussi. La vérité, c'était que Muriel était une bonne personne. Elle ne mentait pas. Elle n'avait jamais été infidèle. Elle n'était pas comme sa mère, et il avait été stupide de le croire.

— L'amour existe vraiment, vous savez, remarqua Simon.

Trevor et Stone éclatèrent de nouveau de rire, mais Ronan resta silencieux. Pour la première fois de sa vie, il s'en rendait compte, lui aussi.

Simon aimait Bette et elle l'aimait en retour. Bien sûr, peut-être que leur idylle ne durerait pas. Peut-être qu'ils finiraient par se séparer comme tant d'autres couples — à l'exception des grands-parents de Muriel. Ronan les avait vus continuer à se charmer, à se lancer des regards brûlants et à se tenir la main, en dépit de leur âge. Ils avaient passé le plus gros de leur vie ensemble, mais ils n'étaient pas devenus invisibles pour l'autre. En fin de compte, on pouvait aimer quelqu'un toute sa vie.

Impossible de savoir si le même destin attendait Ronan. Mais, peut-être se devait-il d'essayer, pour lui et pour Muriel. Au moins une fois. En revanche, il lui faudrait sans doute plus que des bouquets de fleurs et une invitation au restaurant pour la convaincre de lui accorder une seconde chance.

S'il voulait réussir, il allait devoir faire un geste. Et tant pis si elle le rejetait de nouveau, cela lui donnerait une leçon de modestie…

Et si elle avait déjà trouvé quelqu'un d'autre ?

Il fut tenté de demander à Simon si Muriel fréquentait un autre homme mais le lancement de la musique l'interrompit. La salle fut plongée dans le noir. Soudain, le rideau s'ouvrit, dévoilant une femme debout, derrière un podium. Bette portait l'une de ses propres créations — une robe de soie nouée aux épaules — et, pour la première fois, Ronan comprit pourquoi son ami avait été séduit par son ancienne assistante.

Elle était splendide… Mais elle n'était pas la « plus belle femme du monde ».

Mais bientôt, Ronan ne prêta plus attention à son discours, remplacé par le battement sourd du sang à ses tempes : Muriel venait de monter sur scène.

Plus belle que jamais, elle portait une nuisette rose tendre aux bretelles nouées et glissait comme un rêve sur le podium dans des chaussons assortis, eux aussi ornés de nœuds.

Ronan aurait voulu qu'elle l'aperçoive, mais les flashs, qui crépitaient dès qu'elle levait les yeux vers le public, devaient l'aveugler.

Est-ce que tous les défilés attiraient une telle foule ? Ou tous ces gens n'étaient-ils venus que pour elle ?

Ronan n'aurait pas pu leur en vouloir : après tout, c'était pour elle que lui-même était venu. Il avait prétexté vouloir soutenir Bette mais, à la vérité, il n'avait accepté l'invitation que pour revoir Muriel.

Hélas, poser les yeux sur elle n'était pas suffisant…

Il voulait l'embrasser, la toucher, goûter de nouveau la saveur de sa peau. Et, plus que tout, il voulait la serrer dans ses bras toute une nuit. Sans s'échapper à la première opportunité.

Il fallait à tout prix qu'il la persuade de lui accorder une seconde chance. Et, dans le crépitement des flashs des journalistes, il sut soudain ce qu'il allait faire pour ça. Certes, il serait humilié en cas d'échec ; mais il pouvait bien courir ce risque pour avoir une autre chance avec Muriel.

Les projecteurs dansaient devant les yeux de Muriel. Elle avait eu de la chance de ne pas tomber une seule fois pendant le défilé. Les flashs des appareils photo l'avaient presque rendue aveugle et elle n'avait rien vu du public. Pourtant elle avait senti… sa présence.

Ronan était venu.

Avant de donner les billets aux associés de Simon, Bette avait demandé à Muriel si cela la gênait. Elle avait prétendu que cela ne lui posait aucun problème uniquement parce qu'elle était convaincue que Ronan ne viendrait pas.

Était-il venu seul ? Était-il en compagnie d'une nouvelle conquête ? Quelqu'un avec qui il acceptait d'être vu en public ?

Bien sûr, il lui avait expliqué pourquoi il ne l'avait jamais emmenée dehors, le soir où elle l'avait quitté. Mais la presse avait décidé de laisser Muriel tranquille, et ils auraient tout à fait pu vivre leur relation au grand jour. Hélas, ils n'avaient partagé que des soirées de sexe, rien d'autre. Comment assumer ça en public, ailleurs que dans des ascenseurs, des loges ou des voitures, sans se faire arrêter pour exhibitionnisme ?

Après le défilé, Muriel se changea rapidement, troquant ses *Petits Nœuds de Bette* contre une robe noire courte et une paire de bottes. Elle avait promis à son amie d'assister à la soirée prévue après le lancement. Mais si Ronan était là…

À peine eut-elle ouvert la porte de la loge qu'un orage de flashs l'aveugla de nouveau, chassant l'image de Ronan. Une foule de journalistes armées d'appareils photo et de micros l'attendait dans le couloir. Comment avaient-ils réussi à venir en coulisse ?

— Qu'avez-vous à dire au sujet des dernières nouvelles ? demanda quelqu'un.

Muriel ne comprit pas la question et se concentra sur le sujet de la soirée : le lancement de la collection.

— Bette est une femme brillante, dit-elle. Ses créations sont extraordinaires, et c'est elle que vous devriez interviewer, pas moi.

Depuis le divorce, elle avait parlé à suffisamment de journalistes pour une vie entière !

— Vous n'avez donc rien à dire sur l'interview que votre ex a donnée ? demanda une femme en lui tendant un micro.

Muriel ravala son exaspération. Qu'avait donc

encore fait Arte ? Ce type avait un vrai problème avec sa soif de célébrité…

— Je n'ai pas lu son interview et je n'ai pas l'intention de la regarder.

— Il a raison, alors : rien de ce qu'il pourra dire ou faire vous convaincra de lui donner une deuxième chance ?

— Seigneur, non !

Cette idée suffit à lui donner des sueurs froides. À quoi Arte jouait-il, à présent ?

Pensait-il sauver sa comédie musicale en déclarant son amour devant les caméras ?

La dernière chose que Muriel voulait était bien nourrir son ego et le propulser sous le feu des projecteurs. Elle soupira et fit de son mieux pour contrôler sa colère :

— Vous perdez votre temps. Et lui aussi. S'il vous plaît, concentrons-nous sur l'événement du jour : les magnifiques créations de Bette.

Heureusement, les journalistes parurent enclins à lui obéir. Ils éteignirent leurs caméras et se détournèrent. Au dernier moment, cependant, la journaliste lança un petit sourire à Muriel.

— Vous êtes une femme incroyablement forte, murmura-t-elle sur le ton de la confidence. Personnellement, je n'aurais jamais eu le courage de dire non à Ronan Hall.

Sous le choc, Muriel lui attrapa le bras et l'arrêta. Elle attendit que les autres aient quitté le couloir avant de demander :

— Quoi ? Pourquoi me parlez-vous de Ronan Hall ?

— C'est lui qui a annoncé votre liaison à tout le monde, répondit la femme.

— C'est… C'est lui, l'ex dont vous parliez ?

La journaliste lui jeta un petit regard interloqué, puis éclata de rire.

— Vous pensiez que je parlais de votre ex-mari ?

— Oui.

— Mon Dieu, non ! Je parlais de son avocat… Personne ne savait que vous sortiez ensemble avant qu'il n'accorde une interview, ce soir.

Muriel non plus n'avait pas su qu'elle « sortait » avec Ronan, mais elle préféra passer ce détail sous silence.

— Il… Il a vraiment dit ça ?

— Je peux vous montrer l'interview, proposa la femme.

Elle tira une tablette de son sac et effleura l'écran. Une vidéo s'afficha, montrant la journaliste en train de parler à Ronan.

— Vous avez refusé de répondre à la presse quand vous représentiez l'ex-mari de Muriel Sanz, pendant le divorce. Pourquoi accepter de parler, maintenant ? demandait-elle.

— Parce que je dois des excuses publiques à Muriel, répondit Ronan. Je ne savais pas que son ex avait convaincu les témoins du divorce de se parjurer.

— Pourtant, quelqu'un a déposé une plainte contre vous au barreau pour incitation au parjure, justement.

Muriel jeta un rapide coup d'œil à la femme, à côté d'elle. Ce n'était pas une journaliste ordinaire... Elle était douée.

— Cette personne était mal informée, expliqua Ronan, et elle a fini par retirer sa plainte.

— Cette personne était Muriel Sanz ?

Ronan gratifia la journaliste d'un grand sourire, sans répondre à la question.

— Je voudrais parler un peu plus d'elle. Je voudrais montrer au monde entier à quel point elle est belle, honnête et travailleuse.

— À vous entendre, on pourrait vous croire amoureux, remarqua la journaliste à l'écran.

Tout en tenant la tablette, elle ne lâchait pas Muriel des yeux.

Muriel pouvait sentir le poids de son regard mais elle était incapable de quitter des yeux le visage si parfait de Ronan. Elle chercha un éclat de peur ou de panique dans son regard. Rien. Il souriait toujours.

— Vous avez sans doute raison, murmura-t-il.

— Vous êtes amoureux de Muriel Sanz ?

— J'étais en train de tomber amoureux d'elle, oui.

— Vous sortiez avec elle ?

Non, ils n'étaient jamais vraiment sortis ensemble ; et pourtant Ronan acquiesça.

— Hélas, j'ai tout gâché.

Devant l'objectif, la femme gloussa.

Puis elle rougit en jetant un regard embarrassé à Muriel.

— J'ai du mal à y croire, monsieur Hall, poursuivit-elle à l'écran.

— Et pourtant…, soupira-t-il d'une voix lourde de regret.

Muriel se demanda si elle n'était pas en train de se faire des idées, une fois de plus : est-ce qu'une part d'elle souhaitait qu'il regrette de l'avoir fuie ?

Sauf que, le dernier jour, c'était elle qui avait fui. Et Ronan ne l'avait pas arrêtée. Pas sur le moment. Que cherchait-il, à présent ?

— J'ai commis de graves erreurs, reprit-il à l'écran. D'ailleurs, je ne pense pas pouvoir dire ou faire quoi que ce soit qui la déciderait à m'accorder une nouvelle chance.

Sur la tablette, Muriel vit la journaliste poser une main consolatrice sur son bras.

— Je suis sûre que vous trouverez quelque chose, dit-elle en caressant sa manche. Ou quelqu'un…

Muriel se tourna alors vers la femme qui se tenait toujours près d'elle. Cette fois, elle en était certaine : ce qu'elle ressentait était bien de la jalousie !

Elle aurait voulu lui arracher les yeux.

— Hé ! Il ne m'a pas prise au sérieux, argua la journaliste. Comme si je pouvais soutenir la comparaison avec vous.

— Inutile de tenter de le faire, dit Muriel d'un ton menaçant.

Après tout, Ronan pouvait dire ce qu'il voulait, il n'y avait plus rien entre eux. De toute manière, il n'y avait jamais rien eu.

Juste le sexe…

Et cela manquait à Muriel. Les baisers, les caresses, les étreintes de Ronan lui manquaient chaque jour plus cruellement.

Même sa simple présence, sa personnalité avaient su redonner des couleurs à sa vie. Muriel aurait adoré entendre encore ses remarques piquantes, retrouver son obstination — sa peur même…

Elle avait surpris un petit rictus de panique sur son visage, à la fin de l'interview, quand il avait dit qu'il ne pensait pas qu'elle puisse le reprendre, quoi qu'il fasse.

Cependant, s'il avait vraiment voulu une seconde chance, pourquoi n'était-il pas venu lui parler ? Pourquoi avait-il à ce point gardé ses distances pendant deux semaines ? Lui avait-elle vraiment manqué ?

— Je ne cherche pas à obtenir les faveurs de Ronan Hall, déclara-t-elle fermement à la journaliste.

— Donc… Vous dites que je peux le séduire, si je veux ? demanda la femme avec une pointe d'espoir.

Oh ! personne n'était capable de séduire Ronan — pas longtemps, en tout cas, et jamais complètement.

Et Muriel n'avait aucune intention de mettre de nouveau son cœur en danger.

16

Pour la première fois de sa vie, Ronan sut ce qu'était un échec... Il éteignit d'une main tremblante la télé à écran plat installée sur le manteau de marbre blanc de la cheminée, puis se campa devant les hautes fenêtres ouvertes sur Central Park. Il avait vu assez d'actualités pour aujourd'hui...

Les journalistes avaient surpris Muriel à la porte de sa loge, ne lui laissant pas le temps de réfléchir à ses réponses et elle avait parlé avec sa franchise habituelle.

Elle avait dit qu'elle ne lui donnerait pas de nouvelle chance.

« Seigneur, non !»

Telle avait été sa réponse : deux mots qui avaient creusé un gouffre dans le cœur de Ronan. Deux mots qui le brisaient plus encore que lorsqu'elle s'était détournée de lui devant chez elle, le dernier soir. Elle lui manquait tellement...

Hélas, il allait devoir apprendre à vivre sans elle. Elle avait brutalement refusé de lui accorder une chance. Tout était fini.

Sa sonnette retentit soudain sous les hauts plafonds de son appartement. Il hésita un instant avant de se diriger vers le couloir. C'était sans doute l'un de ses amis — peut-être même tous. Sauf Simon.

Simon était sûrement en train de faire la fête avec Bette. Le défilé avait été un grand succès. Bien sûr, les créations de Bette ne pouvaient qu'être splendides, portées par la « plus belle femme du monde ».

La sonnette retentit de nouveau, insistante, comme si quelqu'un appuyait sans interruption sur le bouton. Agacé, Ronan ouvrit la porte à la volée et cria :

— Qu'est-ce que… ?

Mais la personne qui lui faisait face n'était ni Trevor ni Stone.

— Muriel, balbutia Ronan, abasourdi.

Comment l'avait-elle trouvé ? Il ne l'avait jamais amenée chez lui — ce qu'il aurait dû faire, d'ailleurs.

Mais, si cela avait été le cas, comment aurait-il pu dormir seul dans son lit avec le souvenir de Muriel imprimé entre ses draps ? Non pas qu'il ait beaucoup dormi depuis deux semaines…

Depuis qu'elle l'avait quitté, il avait été incapable de penser à autre chose qu'à elle, à la douceur de sa peau, à la saveur de ses lèvres.

— Muriel, répéta-t-il en lui tendant les bras.

Mais, avant qu'il ait eu le temps de la serrer contre lui, elle plaqua ses mains sur son torse et le repoussa dans l'appartement. Un geste semblable à celui qu'elle avait fait quand elle l'avait chassé du sien, un soir. Pourtant, cette fois, elle se faufila à l'intérieur. Elle claqua la porte derrière elle et se campa devant Ronan.

— Qu'est-ce que tu essaies de faire ? lança-t-elle sans préambule.

— Quoi ? De quoi parles-tu ?

— L'interview que tu as donnée, c'était pour quoi faire ? reprit-elle sèchement. Pour apaiser ta conscience ?

— Tu m'as dit un jour que je n'en avais pas, lui rappela-t-il.

— Dans ce cas, pourquoi as-tu fait ça ? reprit-elle d'un ton accusateur. Pourquoi as-tu parlé à cette journaliste ? Pourquoi attirer de nouveau l'attention de la presse sur nous quand les journalistes commençaient enfin à nous oublier ?

Ronan grimaça, comprenant soudain à quel point son idée avait été mauvaise.

— Tout le monde t'envoie des fleurs en ce moment…

Elle le dévisagea un moment, sans rien dire, puis une petite étincelle traversa furtivement ses yeux.

— Si tu tenais tant à m'envoyer un cadeau, il y a toujours le chocolat, ou le vin, remarqua-t-elle.

Ronan se frappa le front de la main.

— Bon sang ! Je n'y ai pas pensé !

— Non, tu as préféré aller directement déballer notre linge sale aux infos, répondit-elle. Et je ne comprends toujours pas pourquoi.

D'un seul coup, Ronan non plus ne comprenait pas.

Quand Muriel l'avait quitté, elle avait paru blessée qu'il n'ait pas rendu leur relation publique. Comment rendre les choses plus publiques que ce qu'il venait de faire ? Malheureusement, il n'en avait clairement pas fait assez — ou alors, il avait réagi trop tard. Il n'y avait plus la moindre relation entre eux, et la seule chose qu'il avait étalée devant les caméras était son humiliation quand elle avait affirmé qu'elle ne lui donnerait pas de deuxième chance.

Il soupira, la gorge nouée.

— Ce n'était pas malin, je le reconnais, dit-il, mais je l'ai fait parce que je suis tombé amoureux de toi, comme je l'ai dit à ces reporters…

Elle ferma les yeux, comme si elle ne supportait même plus de le regarder et murmura :

— J'aurais aimé être la première à l'apprendre.

Ronan se crispa. Pourquoi disait-elle cela ? Parce qu'elle ne partageait pas ses sentiments ?

— Du coup, je me suis ridiculisé ?

Pourtant, il ne se souciait ni de son orgueil ni de sa réputation. La seule chose qui comptait encore à ses yeux, c'était Muriel.

Elle secoua la tête, faisant ondoyer sa longue chevelure sur ses épaules — Ronan se souvint soudain de l'avoir vue faire ce même geste si sensuel quand elle le chevauchait, nue.

— Non, répondit-elle, le tirant de sa rêverie

mélancolique. J'aurais simplement aimé que tu me dises…

Oh non ! Elle avait tourné la page. Elle sortait sans doute déjà avec un autre homme — un homme qui l'emmenait au restaurant, au cinéma, à des expositions, comme dans un couple normal.

— J'ai trop attendu ? demanda-t-il d'une voix blanche. Tu vois déjà quelqu'un d'au…

— Non ! s'écria-t-elle. Je ne vois personne d'autre.

— Mais tu ne veux plus me voir.

Elle parut confuse.

— Je n'ai jamais dit ça.

— Si, bien sûr que tu l'as dit ! répliqua-t-il en montrant son téléviseur éteint. Quand on t'a demandé si tu acceptais de me donner une seconde chance, tu as dit : « Seigneur, non ! »

— Cette journaliste a parlé de mon ex, et je pensais qu'il s'agissait d'Arte.

D'un seul coup, le carcan qui s'était refermé autour du torse de Ronan et qui l'empêchait de respirer disparut. Il poussa un soupir de soulagement.

— OK, je comprends mieux…

— Je ne savais même pas que tu étais mon ex, ajouta Muriel. On n'a jamais vraiment été ensemble.

— Évidemment que si : on était amants.

Et le mot était bien choisi puisqu'il était tombé amoureux d'elle… Hélas, il avait eu besoin de temps pour comprendre ce qu'il ressentait, sachant qu'il n'avait jamais éprouvé ce genre de sentiments auparavant.

Les yeux verts de Muriel se mirent à briller, comme si elle se souvenait de tout ce qu'ils avaient partagé.

Et une pointe d'espoir naquit au fond du cœur de Ronan.

— Je sais bien que tu ne donnerais jamais de nouvelle chance à Arte. Mais à moi ? Est-ce que tu acceptes de réessayer ou est-ce que j'ai vraiment tout gâché ?

Elle le regarda un long moment.

— Qu'est-ce que tu veux vraiment ? demanda-t-elle. Sortir avec moi ou juste coucher ?

Ronan ne put réprimer un petit rire.

— Pour être honnête, les deux.

Muriel rit à son tour.

Néanmoins, elle n'avait toujours pas répondu à sa question, ni réagi à son aveu. Avait-elle le moindre sentiment pour lui ?

— Pourquoi es-tu venue, Muriel ?

Cette fois, quand il s'approcha d'elle, elle ne le repoussa pas. Elle le laissa même la prendre dans ses bras.

Elle posa de nouveau les mains sur son torse, mais ne s'écarta pas, caressant sa gorge, ses épaules, jusqu'à passer ses bras autour de son cou. Elle l'attira alors à elle et laissa leurs lèvres s'effleurer.

Ce baiser, si inattendu, coupa le souffle de Ronan. C'était un geste si tendre, si doux qu'il retrouva un instant l'espoir. Partageait-elle ses sentiments, en fin de compte ?

— Pourquoi es-tu venue ? demanda-t-il une seconde fois.

— Pour toi, répondit-elle dans un souffle. Juste pour toi…

Ce n'était pas une déclaration d'amour ; mais cette réponse aurait dû suffire. Elle avait toujours suffi à Ronan, jusqu'à présent. Mais son cœur n'avait encore jamais cédé aux charmes d'une femme — jusqu'à ce qu'il rencontre Muriel.

Il ne voulait pas finir comme son père, amoureux d'une femme qui ne l'aimait pas, qui était probablement incapable d'avoir des sentiments pour lui. Une fois de plus, il dut chasser les fantômes du passé et se rappeler que Muriel n'était pas sa mère.

Elle était sincère et honnête. Et elle avait un grand cœur : Ronan l'avait bien vu quand elle avait défendu son amie, ou quand elle avait parlé aux grands-parents qui l'avaient élevée.

C'était bien pour cela que Ronan était tombé amoureux d'elle. Pour cela, et pour le sexe… Peut-être pourrait-il la faire tomber amoureuse à son tour en la rendant folle de désir. Bien décidé à essayer, il la souleva de terre et la porta dans sa chambre.

Elle passa ses bras autour de son cou et se nicha dans le creux de son épaule, déposant de petits baisers sur sa peau. Traversé par un élan de passion, Ronan ne put réprimer un frisson.

Quand il eut atteint sa chambre, il la déposa doucement sur son lit et recula d'un pas. Elle tendit une main vers lui, mais il se détourna et ouvrit la porte de son placard.

— Qu'est-ce que tu fais ? demanda-t-elle d'une voix essoufflée.

Ronan tira quatre liens de tissu d'une étagère et les lui montra avec un petit sourire.

— Je te laisse m'attacher.

Muriel le dévisagea d'un air surpris.

— Vraiment ?

Il acquiesça.

— Comme ça, tu seras sûre que je ne vais pas m'enfuir après…

— Je t'ai promis de ne plus essayer de t'attacher, lui rappela-t-elle.

— Je veux être attaché… à toi.

Sans lui laisser l'occasion de protester, il se déshabilla et attacha le bout de chacun des liens aux poteaux de son grand lit à baldaquin avant de s'allonger sur le matelas.

— Vas-y, dit-il pour l'encourager. Attache-moi.

Muriel se pencha au-dessus de lui, le visage illuminé d'un grand sourire.

— Je t'aime.

Ces mots frappèrent Ronan en plein cœur, et son sexe se redressa, animé par un désir fiévreux. Oh ! se fondre en elle, être si proche de cette femme, ne plus faire qu'un avec elle… Hélas, Muriel ne lui laissa pas le temps de la serrer dans ses bras. Elle lui prit la main et passa l'un des liens autour de son poignet. Elle s'occupa ensuite du deuxième, puis elle lui attacha les chevilles.

Ronan lui avait promis cela. Il lui avait promis de lui laisser le contrôle. Mais son désir allait le tuer — si elle ne le tuait pas avant avec ses baisers et ses caresses…

Du bout des lèvres et du bout des doigts, elle toucha chaque centimètre de sa peau. Elle parvint même à éveiller des zones qui n'avaient jamais été sensibles auparavant. Comme son genou. Ou sa hanche.

Ronan aurait voulu bouger. Il ne lutta cependant pas contre ses liens. Ni contre ses sentiments.

Muriel referma alors ses lèvres chaudes autour de son sexe et l'aspira dans sa bouche. Surpris, Ronan eut du mal à retenir son orgasme. Hélas, elle se contenta de l'exciter davantage, faisant danser sa langue sur sa peau et le mordillant gentiment.

N'y tenant plus, Ronan murmura :

— J'ai envie de toi, Muriel… Je veux être en toi…

Elle se redressa et le contempla un moment. Pendant quelques secondes, il eut peur. Était-ce sa vengeance ? Allait-elle le laisser comme ça, attaché, fou de désir, et s'en aller ? Elle avait pourtant dit qu'elle l'aimait, non ?

Muriel vit de nouveau un éclair de panique traverser le regard de Ronan. Elle sut alors qu'il venait de se rendre plus vulnérable que jamais — pour elle.

Son corps divin était étendu là, nu et immobilisé par les liens. Son sexe frémissait. C'était une supplique, une prière silencieuse pour qu'elle soulage la tension qu'elle avait elle-même fait monter en lui.

Mais c'était son cœur qui était le plus vulnérable parce que, pour la première fois, Muriel pouvait deviner l'étendue de ses sentiments. Elle voyait sa tendresse dans ce regard qui ne la quittait pas. Il n'avait pas besoin de le dire. Elle le savait. Il l'aimait.

— Je t'aime, répéta-t-elle donc.

D'un seul coup, le corps de Ronan se détendit — un peu — et la peur disparut de son regard, remplacée par la tendresse que Muriel y avait déjà vue.

— Je t'aime, dit-il à son tour.

Elle accueillit cet aveu en silence, la gorge nouée. Sans doute n'avait-il encore jamais prononcé ces mots. Et c'était elle qui avait réussi à ravir son cœur si bien protégé.

Elle était sienne…

Elle enleva alors sa robe et la laissa tomber par terre, sur les vêtements de Ronan. Elle portait encore la dernière tenue du défilé : un ensemble de soie et de dentelle, violet et noir, fermé dans le dos par une série de nœuds. Tournant le dos à Ronan, elle défit les nœuds un à un.

Ses sous-vêtements coulèrent au sol dans un froissement à peine perceptible. Elle était à présent aussi nue que lui.

Ronan commença alors à tirer sur ses liens.

— Je veux te toucher, murmura-t-il d'une voix rendue rauque par le désir. Il faut que je te touche…

Muriel aussi avait besoin de sentir ses mains sur elle. Elle détacha donc les liens de soie.

Une fois libre, Ronan ne la prit pas immédiatement dans ses bras. Au contraire, il prit quelques instants pour la regarder d'un air grave.

— Tu n'as plus peur que je m'enfuie ?

Muriel sourit.

— Non, plus maintenant.

Ronan se redressa alors pour l'embrasser.

— Je te promets de ne pas partir…

— Tu es chez toi, après tout, lui rappela-t-elle.

Son amant éclata de rire et appuya tendrement son front contre le sien.

— Je t'aime.

Une vague de tendresse monta en Muriel, bien vite accompagnée de désir. La puissance des émotions qui la submergeaient la surprit.

— Dire que je te haïssais après ce que tu m'avais fait au tribunal et ce que tu as déclaré aux médias, murmura-t-elle.

— Je suis désolé, répondit-il en baissant les yeux, comme s'il avait trop honte pour la regarder en face. Je me déteste aussi d'avoir fait tout ça…

Elle glissa les doigts sous son menton et lui redressa la tête.

— C'est du passé, maintenant. Je te haïssais peut-être à l'époque, mais mon amour pour toi est devenu plus fort.

Ronan poussa un soupir de soulagement.

— Tant mieux, dit-il. J'avais peur que tu ne sois jamais capable de me pardonner.

Elle passa ses bras autour de son cou et pressa son corps nu contre le sien. Elle sentit alors le sexe dressé de Ronan palpiter entre eux, et une douce chaleur y répondit entre ses cuisses. Jamais encore elle n'avait autant désiré un homme — pas même Ronan.

Leur amour avait tout changé. Il avait rendu chaque caresse et chaque baiser plus intense. Quand son amant l'embrassa, Muriel sentit ses muscles se crisper sous la fièvre de leur passion.

Ronan laissa alors glisser ses doigts le long de son dos nu, jusqu'à ses hanches, et la souleva du matelas. Elle passa ses jambes autour de sa taille. Son clitoris se frotta contre son sexe brûlant et Muriel ne put réprimer un gémissement de plaisir. Elle faillit jouir par ce simple contact. Incapable de s'arrêter de bouger, elle continua à frotter ses hanches contre Ronan.

— Muriel, murmura son amant à son oreille. Tu vas me faire…

— Jouir ! cria-t-elle, brusquement traversée par les délicieux spasmes du plaisir.

Ce n'était pas encore assez. Elle en voulait plus. Elle voulait le sentir enfoui au plus profond d'elle.

Et il dut partager son désir car il enfila rapidement un préservatif d'une main tremblante. Puis, d'un geste assuré, il la fit rouler sur son dos, s'étendit au-dessus d'elle et la pénétra.

Muriel s'agrippa à lui, lui griffant le dos et les épaules. Elle sentit les muscles de Ronan frémir sous ses paumes. Elle s'accrocha alors à ses fesses, si fermes, si denses… Si sexy.

— Tu aurais vraiment dû devenir mannequin, murmura-t-elle en l'embrassant.

Ronan lui rendit langoureusement son baiser. Profitant d'un gémissement de plaisir de Muriel, il glissa sa langue entre ses lèvres tout en continuant son va-et-vient enivrant. Elle se cambra, presque désespérée. Elle avait besoin de le sentir au plus profond d'elle.

Sans prévenir, il roula de nouveau avec elle sur le matelas, et elle se retrouva à cheval sur lui. Dans le mouvement, son sexe entra encore plus en elle, lui arrachant un petit cri de plaisir. Elle était si proche de l'orgasme que la tension qui montait en elle devenait insoutenable. Ronan referma ses mains sur ses hanches pour la guider, bouger en même temps qu'elle. Cambré, il souleva le bassin, et ils retrouvèrent d'instinct ce rythme qui leur était propre ; comme une musique qu'eux seuls pouvaient entendre.

Soudain, la digue se brisa et la jouissance explosa en un feu d'artifice dans tout le corps de Muriel. Ses membres se mirent à trembler, tous ses muscles frémirent. Elle cria, encore et encore…

Les mains de Ronan se crispèrent alors sur ses hanches, et elle le sentit trembler sous elle. Il s'abandonna à son tour au plaisir, en répétant son prénom d'une voix rauque. Lorsqu'elle eut enfin repris son souffle, Muriel se laissa retomber sur le matelas, à côté de lui. Mais, comme à son habitude, il se leva tout de suite, la laissant seule sur les draps de soie froissés.

Peut-être n'aurait-elle pas dû le détacher, finalement… Elle n'eut pas le temps de s'inquiéter car il revint s'allonger à côté d'elle au bout de quelques instants. Il la prit dans ses bras et la serra contre lui.

Elle se nicha dans le creux de son épaule et entendit son cœur battre à tout rompre.

— Tu vas bien ? chuchota-t-elle, inquiète.

Il la serra un peu plus fort et admit :

— J'ai peur.

Elle l'avait cru au summum de la vulnérabilité quand il lui avait déclaré sa flamme et l'avait laissée l'attacher ; mais, ça, c'était encore plus bouleversant.

— Pourquoi as-tu peur ?

— Je n'ai encore jamais ressenti ça, avant. C'est… effrayant.

Elle déposa un petit baiser sur son torse, tendrement, et répondit :

— Je sais. Mais je ne te ferai jamais de mal.

Le cœur de Ronan battit un peu moins fort et, quand il caressa le dos de Muriel, elle remarqua que sa main avait cessé de trembler.

— Je te fais confiance, dit-il. J'espère juste ne pas tout gâcher. Je ne veux pas que tu partes…

— Je ne vais nulle part, lui assura-t-elle.

Il dut la croire, car il finit par s'endormir, et Muriel l'imita.

Quand elle se réveilla, un peu plus tard, une

nouvelle vague de panique la traversa. Ronan était parti !

Heureusement, il n'était pas allé loin. Elle sentit ses lèvres déposer un baiser… sur sa cheville. Puis une bande de soie prit la place de ses lèvres. Il la noua d'un geste assuré. Muriel vit alors que l'autre bout était déjà attaché au poteau du lit.

— Qu'est-ce que tu fais ? demanda-t-elle.

— Je t'attache…

— Tu as peur que je m'enfuie ?

— Pas du tout, répondit-il avec un sourire tendre. Je n'ai plus peur de rien, maintenant.

— Pourquoi fais-tu ça, alors ?

— Pour te montrer à quel point je t'aime.

Et il le lui montra, embrassant et caressant chaque portion de son corps. Ses lèvres l'effleurèrent partout : de l'intérieur de son coude à l'arrondi de sa hanche ou à l'arrière de son genou…

Puis il glissa, joueur, sa langue dans son nombril avant de descendre un peu plus bas. Tout en faisant rouler un de ses tétons entre son pouce et son index, il embrassa son sexe. Il lui fit l'amour du bout de la langue, du bout des dents.

Muriel se débattit, entravée par ses liens. Elle voulait tellement le toucher. Elle voulait le faire remonter jusqu'à elle et le sentir en elle — de nouveau.

Cambrée sur le lit, elle s'abandonna à un nouvel orgasme, plus puissant que jamais. Pantelante, elle se laissa retomber sur le matelas. Mais Ronan n'en avait pas fini. Il continua à l'embrasser, niché entre ses cuisses, jusqu'à la faire jouir encore et encore.

Les draps de soie n'étaient plus seulement froissés mais humides sous leurs corps brûlants. Quand Ronan relâcha enfin Muriel, elle se jeta à son cou et ils firent l'amour, emportés par leur fièvre.

Elle sentit de nouveau la jouissance poindre et trembla sous des vagues de plaisir, les larmes aux yeux.

— Ronan…

Il se crispa à son tour et jouit dans un dernier coup de reins. Il cria son nom avant de s'affaler sur le lit, à côté d'elle. Sa peau était humide et chaude, tout comme celle de Muriel.

— Tu sais, murmura-t-il, ils se sont trompés quand ils t'ont décerné ce titre.

— Quel titre ?

— Celui de « plus belle femme du monde ».

Muriel ne fut pas vexée. Au contraire, elle chassa ses cheveux emmêlés de son visage et acquiesça.

— J'ai toujours pensé la même chose.

— Ton titre devrait être…

Il s'interrompit un instant, ménageant son effet.

— … la « meilleure amante du monde » !

Muriel sourit et se pelotonna de nouveau contre lui.

— Non, c'est toi, le meilleur amant du monde, répondit-elle. C'est ton titre.

— Pas du tout, protesta-t-il. C'est si bon de faire l'amour avec toi.

Seulement, à présent, ils étaient plus que de simples amants. Ils étaient amoureux.

Et, tandis que Ronan était encore un peu trop cynique pour croire que leur histoire pouvait durer, Muriel, elle, n'avait pas de doutes. Ils avaient déjà passé le plus difficile.

L'avenir ne leur réservait plus que du plaisir…

Composé et édité par HarperCollins France.

Achevé d'imprimer en juillet 2018.

CPi
BLACK PRINT

Barcelone

Dépôt légal : août 2018.

Pour limiter l'empreinte environnementale de ses livres, HarperCollins France s'engage à n'utiliser que du papier fabriqué à partir de bois provenant de forêts gérées durablement et de manière responsable.

Imprimé en Espagne.